Andrei Ci

Ionuț Rusu

Dumnezeu vs. Satana

Vacanță în România

Dumnezeu vs. *Satana*
Andrei Ciobanu și Ionuț Rusu

LITERA®
Editura Litera
O.P. 53; C.P. 212, sector 4, București, România
tel.: 021 319 6390; 031 425 1619; 0752 548 372
e-mail: comenzi@litera.ro

Ne puteți vizita pe

www.litera.ro

Editori: Vidrașcu și fiii
Redactor: Păunița Ana
Tehnoredactare și prepress: Anca Suciu
Coperta: Alexandru-Marian Melinte: http://alexandru.design/
&
Sorin-Constantin Apăvăloae
Ilustrații: Andrei Dragostin

Descrierea CIP a Bibliotecii Naționale a României
CIOBANU, ANDREI

Dumnezeu vs. Satana. Vacanță în România / Andrei Ciobanu, Ionuț Rusu. - București: Litera, 2020

ISBN 978-606-33-6657-4

I. Rusu, Ionuț

821.135.1.

Andrei Ciobanu
Ionuț Rusu

Dumnezeu vs. Satana

Vacanță în România

LITERA
București
2020

CUVÂNT ÎNAINTE

Această carte nu este o satiră la adresa religiei, personajele sunt strict inventate de noi, nu au nici o legătură cu sfera religioasă și oricum nu ar trebui să citești așa ceva. Pe bune! Mai bine faci chestii educative, gen stai pe Tik Tok, uită-te la Acces Direct sau ferește-te de 5G!

Pup all

CAPITOLUL 1

Au trecut aproape cinci ani de când Dumnezeu s-a decis să renoveze Raiul și să-l modernizeze în concordanță cu vremurile actuale. Modernizarea nu a fost gata în șapte zile, precum facerea Pământului, ci a durat mai mult. Pentru câteva luni, locatarii Raiului au fost nevoiți să suporte un zgomot de care au descoperit că nu scapi nici mort: cântecul bormașinilor. Dar Raiul chiar avea nevoie de o restaurare. Și pe bună dreptate, până la urmă: era totuși anormal ca toate clădirile alea șmechere de pe Pământ, de la Google sau Facebook, de exemplu, să arate mai bine decât Grădina Domnului. Când au auzit de ideea asta, mulți sfinți mai în vârstă au strâmbat din nas și nu au fost de acord:

– Ce ne trebuie nouă, Doamne, toate tehnologiile astea noi? Am trăit fericiți până acum și fără ele, i-au spus. Păi astea-s lucrătura Diavolului. Pe vremea noastră totul mergea șnur: trăiau bărbat cu femeie în casă, părinții decideau cu cine fac nuntă copiii, dacă făceai sex înainte de căsătorie, ardeai pe rug… Vezi? Numai chestii bune, lumea liniștită. De ce să schimbăm ceva care a mers bine atâtea mii de ani?

Dar, în ciuda argumentelor extrem de solide, să recunoaștem, aceștia nu au reușit nicidecum să-l convingă pe Dumnezeu să renunțe la ceea ce și-a propus. Lui i se părea că imaginea aia pe care o avea Raiul, cu câmpiile de un verde nemărginit, continuate de un cer albastru electrizant și niște nori pufoși de zici că îi murase cineva în Cocolino, era deja învechită, mai ales că se afla pe toate calculatoarele cu Windows din toată lumea, de câteva decenii. Plus că Bill Gates era bănuit de implicare în toată tărășenia cu virusul și 5G-ul, încât Dumnezeu nu voia să se mai asocieze cu el.

Până la urmă s-a dovedit că decizia lui Dumnezeu a fost una extrem de bună (bine, nici nu prea avea cum să ia decizii greșite, fiindcă e totuși Dumnezeu) căci noul sediu al Raiului arată extraordinar. E o clădire imensă, din sticlă, cu geamurile poleite cu aur, perdele mari imprimate cu zeci de cruciulițe luminate în toate culorile, o turlă cu un clopot enorm, din platină, din care se aud colinde cântate de Andra. Scările din fața ușii de la intrare sunt dintr-o marmură albă strălucitoare și se înalță impunătoare spre o ușă luminată de un curcubeu 3D. În stânga și în dreapta lor sunt petunii, panseluțe și lalele care se încovoaie unele spre altele mai ceva ca partidele politice din România, creând o imagine de vis pentru oricine ajunge acolo. Sus pe clădire, între sute de nori care dansează răzleț în bătaia vântului, se vede cum scrie mare Regia Atotștiutoare a Infinitului sau, pe scurt, RAI. Chiar și-așa, în ciuda măreției și a splendorii acestui templu, mai erau unii sfinți care șușoteau pe la colțuri spunând că „nu mai e nici Paradisul ce-a fost odată" și că „s-a stricat Raiul". Dacă nici în Rai nu poți să mulțumești pe toată lumea, ce pretenții să mai avem noi, pe Pământ?

Puțin mai jos de intrarea principală a Edenului, e parcarea membrilor și faimoasa Poartă a Raiului. Acolo se află o barieră roșie și o cașcarabetă mai mică decât șansele României să se califice la Mondiale, iar înăuntru se zărește un paznic.

Sfântul Petru poartă o uniformă neagră, de pe care-ți sare din prima în ochi numele firmei, scris mare pe piept și pe spate: BGS – Brigada Gardienilor Supremi. O șapcă veche îi acoperă pletele albe, barba îi atârnă neîngrijită peste un rozariu, iar la brâul vestei are un pistol cu șocuri electrice, un spray paralizant, o stație audio și un baston din cauciuc, pentru că nu se știe niciodată peste cine dai la intrarea în Rai și trebuie să fii pregătit pentru orice situație.

La un moment dat, se apropie un Audi A4 negru, din 2013, îngrijit și curat, care încetinește atunci când ajunge la barieră. Sfântul Petru se curăță de rămășițele cojilor de semințe care i se așezaseră încăpățânate pe cămașă, iar cu un salut milităresc îl întâmpină pe șofer:

– Să trăiți, domnul Luca! Foarte buni covrigii ăia de mi i-ați dat ieri, sărut mâna! Toată stima!

Luca îl privește încântat din mașină, în timp ce aparatul îi scanează cartela.

– Păi noi îi facem bio, Petrică, nu ca osânditul ăla de Paul, care folosește făină din Iad, din aia contrafăcută, îi răspunde el mulțumit de ce a auzit.

Cei doi râd, iar Luca demarează în trombă, intrând în parcare. Sf. Petru mai apucă o sămânță din buzunar și o aruncă între dinți. O altă mașină, de data aceasta un Passat elegant din 2018, se apropie de barieră, oprind lângă paznic. Acesta îl recunoaște imediat pe șoferul care pare că nu-și găsește cartela de intrare:

– Ooo, domnul Ioan... Se pare că iar ați uitat cartelușa acasă, îi spune portarul cu o voce superioară.

– Da, așa cred, m-am grăbit rău în dimineața asta și probabil de-aia, răspunde șoferul vizibil rușinat. Dacă ai putea tu să-mi deschizi...

– Eu vă deschid, doar nu m-oi certa cu dumneavoastră acum, dar mă gândeam că poate vă prind și eu puțin la o vorbă zilele astea, două minuțele, nu mai mult, îi zice Petru pe un ton lingușitor.

– Ce s-a întâmplat, Petrică? îl întreabă Ioan, neimpresionat.

– Aa, nu, nu s-a întâmplat nimic. Doar că am și eu un finuț și mă gândeam așa... cam cât luați pe-un botez? Așa ca pentru mine, mă refer...

– Nu știu, Petrică, să vedem dacă am timp. Hai, deschide poarta, că am întârziat deja și am o grămadă de chestii azi...

– Bine, bine, vă las, că de-atâta treabă nu vă mai vedeți capul, spune Sfântul Petru, chinuindu-se din răsputeri să nu râdă la propria glumă ce i se pare genială, în timp ce îi deschide bariera.

Ioan își dă ochii peste cap și pleacă spre parcare, iar imediat în urma lui apare un Logan alb, cu urme de rugină pe el și cu pană pe una dintre roțile din spate, oprind parcă din neputință fix în dreptul lui Petru.

– Bună ziua! Unde mergeți? întreabă portarul, arogant.

– Bună ziua! Vreau și eu să intru în Rai, răspunde omul din spatele volanului.

E un domn de vreo 50 de ani, ușor grizonant, cu o cămașă bleu cu mânecile suflecate, care-i mai ascunde burta. Are un ceas ieftin la mână, a cărui curea este aproape acoperită de păr și, emoționat, își tot aranjează ochelarii la ochi.

– Normal că vrei în Rai, toată lumea vrea. Dar ce treabă ai aici?

– Păi m-au trimis de la judecată, răspunde el derutat.

– Cine te-a trimis?

– Ăăă... nu știu, șeful dumneavoastră, cred.

Petru pufnește și își lasă mâna pe mânerul bastonului de cauciuc. Face o pauză înainte să vorbească, de parcă-și caută cuvintele.

– Șeful meu, auzi la el! Dar ce, bă, decide șeful care intră și care iese? Singurul șef de-aici, de la barieră, sunt eu. Ai cartelă?

– Nu...

– N-ai cartelă, nu intri! Simplu ca „Tatăl nostru“!

– Da, dar știți... eu am murit și am ajuns direct aici, nu am știut că îmi trebuie...

– Dă-mi un buletin, îi taie Petru replica.

– Păi... nu-l am la mine...

– Nu-l ai la tine. Nu-mi vine să cred că sunteți din ăștia care vă lăsați actele acasă când muriți. Păi și cum știu eu că nu ești infractor? Cum știu eu că nu ai venit aici să pui o bombă, de exemplu?

– Ce bombă, domnule, nu vin doar oamenii buni aici?

– Oamenii buni, până la barieră. De-aici încolo, doar ăia excelenți. Păi tu crezi că eu sunt de decor aici? Tu știi câți am fost noi pe un loc pentru postul ăsta? Știi?

– Nu... răspunde șoferul derutat.

– Păi nici n-ai cum să știi, dar îți spun eu. Când am ieșit din facultatea de paznici supremi, eram doisprezece pe-un loc, băi ștrudel! Știi câți au vrut să ia postul ăsta? Zi, mă, știi?

– Nu știu...

– Păi nici n-ai cum să știi, dar îți spun eu. L-a vrut Pavel, l-a vrut Toma... bine, Toma nici nu credea că e așa important jobul ăsta la început, dar i-am explicat eu. Unde mai pui că au încercat și 35 din ăia 40 de mucenici. Luptă mare pe post. Matei a-ncercat cu șpagă, cu chestii din astea, dar tot competența își spune cuvântul.

– Eu vă cred, dar mie așa mi s-a zis, încearcă șoferul să se scuze. Mi-au spus să vin aici și să intru în...

– Înțelegi că aici nu intră oricine, care cum vrea, așa fără acte, fără un buletin, fără nimic. E totuși Poarta Raiului, nu casa *Puterea dragostei*.

În timp ce Petru își ține speech-ul la fel de absorbit precum Arafat în pandemie, în spatele Loganului apare un Maybach negru imens, cu dungi maronii pe părți și cu folii fumurii pe geamuri. Portarul se oprește dintr-odată și se duce într-o clipită la bolid. Geamul din dreapta se lasă impunător în jos, iar din mașină se aude „Căci unul este Dumnezeu“, dată la maximum. Pe bancheta din spate, stă Iisus, îmbrăcat într-un costum albastru superb, cu dungi albe verticale, în stil italian, cu butoni din platină, ținând în mână un trabuc pe jumătate consumat. Petru se înmoaie din cap până în picioare.

– Păi ce facem, Petrică, eu pe unde intru? îl întreabă Fiul zâmbind.

– Ooo, să trăiască bossul mare! Păi pentru dumneavoastră se face loc, nu-i problemă. Dăm și piatra de la intrare la o parte, dacă trebuie, răspunde Petru, încercând o glumă. Știam că ați fost mai devreme, dar ați plecat. Chiar nu mă așteptam la o a doua venire.

– Am fost doar până aici, la Pâine și Pește, să iau prânzul. Hai, iar mă lași să aștept trei zile?

– Nu, păcatele mele! zice Petru, făcându-i semn să intre în parcare pe contrasens.

Iisus îl salută fluturând din mână și pleacă lăsând în urma lui un nor negru de fum. Petru privește în zare, mulțumit de cum a rezolvat problema.

– Domnule, se poate așa ceva? Păi eu stau aici de jumătate de oră și dânsului i-ați deschis bariera fără nici un act, fără nici o cartelă, nimic?

– Eee... el e fiul șefului, e altă treabă acolo. A crescut greu, săracul, numai el știe prin ce-a trecut, atâta să fac și eu pentru el...

– Păi cum, domnule, nici aici nu se merge pe egalitate? Și aici e tot pe nepotisme? E totuși Raiul!

– Păi, băi față de ștevie... băiatul de dinainte a murit pentru păcatele omenirii. Tu ai murit că nu te-ai uitat în stânga. Hai, la subteran cu tine, dă-i drumul de-aici că m-apucă spumele.

Loganul face cale întoarsă și pleacă. Petru își mai scoate un pumn de semințe din buzunar și începe să mănânce, fredonând „Căci unul este Dumnezeu“.

Sfântul Petru era foarte dedicat meseriei de portar la Poarta Raiului. Legenda spune că într-o zi Dumnezeu și-a uitat tableta la birou și s-a întors după ea, dar Petrică nu l-a lăsat să intre fiindcă era duminică și trebuia să se odihnească.

CAPITOLUL 2

Clădirea Raiului arată într-un mare fel. Dacă faci totul bine în viață, poate că într-o zi o să o vezi pe viu. Bine, nu pe viu, înțelegi tu. Dacă nu, măcar ar trebui să știi că Dumnezeu a avut grijă să pună în ea cam tot ce și-ar putea dori un om, ca toți cei care ajung acolo să-și petreacă eternitatea într-o fericire fără margini. La etajul 1 se găsește Cantina Sfântă, locul unde poți să mănânci absolut tot ce vrei fără să te îngrași. Ba mai mult, în Happy Hours, între 12.00 și 15.00, toate caloriile pe care le mănânci, de fapt, le arzi, ca să nu-ți mai faci griji niciodată în legătură cu dietele. Deasupra acesteia se afla Camera „Vacanța Definitivă", un loc foarte frecventat de oaspeții Raiului. Acolo treaba e simplă: înainte să intri pe ușă îți setezi destinația dorită, numărul nopților pe care vrei să le petreci acolo la un resort de cinci stele și, bineînțeles, persoana cu care îți dorești să-ți petreci concediul. Ei, sigur, există și opțiunea pentru români la care orice destinație introduci, ajungi tot la bulgari la *all inclusive*. La următoarele etaje se află birourile de servicii pentru clienți: avem biroul Bătrânici din Germania, locul în care te duci să-ți cumperi mașini ultima fiță la preț de Opel Astra din 2001, apoi găsim Vile de Veci Imob, locul în care trebuie să mergi atunci când intri în Rai, iar statul îți oferă un apartament gratis cu două locuri de parcare, în centru, într-un bloc fără administratoare și cu lift care nu se strică niciodată. Lângă aceasta se poate observa Banca Sfântă, un loc foarte apreciat de rezidenți. Acolo trebuie doar să completezi un formular de două pagini prin care își face banca rată la tine și te plătește în fiecare lună, dar cu o dobândă mai mică decât percep ei pe Pământ, căci noi, în Rai, avem bun-simț. Poți și să-i refuzi dacă vin fără dosar cu șină.

Mai departe vedem Mallul Mântuirii Neamului, unde toate magazinele sunt la reducere, dar reducere pe bune, nu ca pe Pământ. Dacă pe ușă scrie „Reducere", păi sunt toate hainele reduse, nu doar șosetele și o haină care nu mai e la modă de două sezoane. Aici poți să aplici și pentru programele Balenciaga pentru toți, Primul Gucci sau RABLA pentru valoare, unde te duci și dai hainele tale vechi și primești unele de firmă în schimb. Mai există și o sală de pariuri sportive unde pui bilete de 1 leu și câștigi miliarde pentru că îți intră mereu și ultimul meci, ăla care te scoate de obicei. Mai departe avem Sf. ȘteFAN Curier pe partea stângă, unde livratorii îți spun ora exactă la care ajung la tine și îți găsesc adresa fără să te sune, pe partea dreaptă se vede SKY, firma de telefonie mobilă care îți oferă credit infinit și I-phone 5 000 la cel mai bun preț de pe piață, iar aripa serviciilor se termină cu un service auto care e mereu închis, pentru că în Rai mașinile nu se strică niciodată.

Deasupra, la etajele superioare, să află poziționată aripa de Relaxare: o sală de forță unde dacă lucrezi un minut cu o ganteră de 1kg, te faci ca Dorian Popa, salonul Epilarea Eternă în care fiecare ședință de epilare nu numai că nu doare deloc, dar ai și un orgasm la final. Mai avem un SPA imens unde chiar dacă nu ești *influencer*, tot ce trebuie să faci ca să intri și să ai totul gratis este să dai un TAG locației pe Instagram. Mai avem un club în care auzi doar muzica ta preferată și, dacă te îmbeți, nu te doare capul niciodată, nu ți-e rău a doua zi și nici nu faci chestii pe care să le regreți după aceea, decât dacă, în secret, fix de-aia te îmbătai și pe pământ, ca să ai scuză să faci lucrurile astea. Pentru băieți a creat Dumnezeu Camera de FIFA, unde stai cât vrei tu să te joci, dar când ieși de acolo, în realitate a trecut doar un minut, și unde controlezi echipele reale de pe Pământ. Pentru fete există un salon de înfrumusețare în care își pot face coafurile exact ca în pozele pe care le salvează ele în telefon, niciodată nu le costă nimic și află cele mai mișto bârfe despre toate „pruastele" alea care au rămas pe Pământ. Mai departe se găsește Camera de Plăceri vinovate, unde poți să te uiți la *Puterea dragostei*, *Acces direct* și *Insula iubirii* fără să fii judecat de ceilalți și fără să-ți scadă IQ-ul. Urmează Camera de *followeri*, locul în care mai primești 10 000 de *followeri* de fiecare dată când intri. Pentru fete există și Camera cu filtre de Instagram care se aplică la realitate și cum te vezi tu acolo, așa te va vedea toată lumea, iar pentru băieți există camera cu mâncare de la mama, unde pot veni de câte ori vor ei fără a se certa cu soția.

Pe raionul Iubirii, Dumnezeu a muncit extrem de mult întru fericirea copiilor săi. Toate femeile care ajung în Rai primesc câte un bărbat sensibil, dar în același timp impunător, căruia îi place să le țină în brațe, dar le acordă și spațiu în relație, care le ajută la curățenie, dar are și un job nobil și bine plătit, este frumos, inteligent, amuzant, îngrijit și înalt. El le ajută atunci când au o problemă, dar se și deschide în fața lor, este un sprijin emoțional, un amant perfect, un tată atent și întruchipează toate calitățile pe care le au iubiții prietenelor lor, nu deține prieteni băieți care să-l cheme la bere sau FIFA, îi aduce flori în fiecare seară și se înțelege perfect cu mama ei. Chiar și ăsta, votat de tot Raiul ca fiind bărbatul perfect, le mai calcă pe nervi, dar altfel n-ar mai fi bărbat, nu? Pe de altă parte, la bărbați treaba e mai simplă: toți cei care intră în Rai o primesc pe Antonia de nevastă. Tot aici, avem și Camera Dorințelor, în care orice locuitor al Raiului poate să meargă să-și îndeplinească absolut orice dorință ar avea ce nu se găsește în ceea ce deja există acolo. Da, chiar și Dinamo în Champions League.

La etajele cele mai de sus se află Camera Vizoarelor unde stau toate babele din lume și veghează asupra a tot ceea ce fac foștii lor vecini, iar apoi îi trimit direct Sfintei Parascheva rapoartele pentru fiecare dintre ei. Până și Dumnezeu, care e atotvăzător, a fost impresionat de sistemul ăsta. Apoi găsim Biroul Apostolilor, cel al Sfinților și al Martirilor, iar la ultimul etaj este Biroul lui Dumnezeu. Lângă acesta se află și sala de ședințe a Comitetului Director, iar acolo lucrurile nu par deloc liniștite în seara asta. Lumina e aprinsă la această oră târzie, când programul orelor de lucru s-a terminat de mult, și oricum mulți au plecat acasă după prânz, că e totuși Raiul.

CAPITOLUL 3

Pereții albi și înalți parcă fac liniștea din cameră să pară și mai asurzitoare. O masă lungă din lemn masiv domină încăperea, iar toate scaunele sunt ocupate de niște mutre serioase și sobre. Dumnezeu stă în capul mesei, picior peste picior, sub o tăbliță pe are este scris cu neoane colorate „Să fie lumină". Ține în mână o tabletă pe care are o aplicație de genul Tinder, în care îi apar fețe de oameni alături de cele mai importante lucruri pe care le au făcut ei în viață, iar Dumnezeu dă *swipe right* pentru Rai și *swipe left* pentru Iad. În fața fiecărui sfânt de la masă, se află o etichetă cu numele acestuia, dar nimeni nu spune nimic. Toți se uită către El într-o liniște mormântală. După ce mai dă câteva *swipe*-uri, mai plictisit decât atunci când se uită la meciurile din Liga 1, Dumnezeu își ridică privirea către ceilalți:

– Bun... Ce mai avem de rezolvat? Și haideți mai repede, că n-am tot timpul din lume.

Sfântul Gavril, un pic emoționat, își face curaj să preia cuvântul:

– Doamne, eu... dacă-mi permiți, am o bună-vestire și o rea-vestire. Cu care vrei să încep?

– Cu care vrei tu, dar zi odată! îi răspunde Tatăl sictirit.

– Vestea bună e că indicele de bunătate a crescut. Se pare că 60% din oameni se roagă cel puțin o dată pe zi.

– Și vestea proastă?

– Se roagă la Allah, răspunde Gavril rușinat.

– Lasă asta, intervine Mihail cu tupeu, că avem probleme mult mai mari de-atât. Doamne, de 1 600 de ani îți tot trimit mailuri să îmi fac și eu ziua separat de Gavril, deci nu mai suport! Tot timpul primesc cadouri la jumate, nu-mi vin toți invitații fiindcă o parte din ei se duc la el, nu e corect ca alți sfinți să aibă ziua lor singuri și noi nu.

– Serios? Asta-i problema ta? întreabă Dumnezeu încruntat. Mihail, toți sunteți la fel de importanți pentru mine.

– Doamne, cu evlavie, dar *bullshit*! Cum rămâne cu Ilie? Ilie de ce are ziua lui? Ce-a făcut Ilie așa deosebit ca să aibă o zi numai a lui? Păi eu conduc armatele Tale împotriva forțelor răului, chiar nu merit și eu să-mi serbez ziua singur?

– Înțelege că te-ai născut pe 8 noiembrie, în aceeași zi cu Gavril, ce pot să-ți fac eu acum?

– Păi Tu m-ai făcut! Nu puteai să mă faci Balanță? M-ai făcut Scorpion ca pe ăsta... Zici că suntem Cheeky Girls, Doamne...

– Hai, frate, termină cu prostiile astea, îl întrerupe Gavril. Bine că atunci când împărțim cheltuielile pentru ziua noastră nu te mai plângi. Gavril îi privește încântat pe toți ceilalți de la masă. Mai am o veste pentru voi. V-am zis că...

Mihail îi sare la gât lui Gavril, fără să-l mai lase să termine propoziția. Colegii lor se uită la ei nu foarte speriați, semn că nu e prima oară când asistă la cearta asta, și garantat că n-are să fie nici ultima.

– Băăă! Nu te mai suport cu veștile tale, țipă Mihail. În fiecare seară înainte de culcare mă tot freci la cap cu știai că aia, știai că cealaltă, de parcă-i pasă cuiva de prostiile tale. Eu am meci în deplasare, cu forțele Iadului și tu nu mă lași niciodată să mă odihnesc, de zici că-s Tamaș... Doamne, de ce nu i-ai pus buton de volum ăstuia? Sau măcar să am cum să-i opresc notificările.

Dumnezeu îi privește neimpresionat. După câteva secunde face un semn discret din mână:

– Moise, desparte-i pe ăștia!

Moise se ridică de la masă, își ia toiagul și îi desparte pe cei doi la fel cum a făcut și cu Marea Roșie.

– Bă! Dacă vă mai certați în fața lui Șefu', vă trimit roiuri de lăcuste în dormitor, să-nnebunesc!

Cei doi se potolesc exact ca niște copii de la grădiniță după ce au fost certați de educatoare, însă continuă să-și arunce priviri iscoditoare unul altuia. Dumnezeu ia din nou cuvântul:

– Bun... alte probleme mai avem? Poate ceva important de data asta.

Din partea cealaltă a mesei, Sfânta Parascheva ridică mâna, ca o elevă silitoare care abia așteaptă să fie scoasă la tablă de profesor. Dumnezeu, deși nu pare prea dornic, îi dă cuvântul.

– Zi, Paraschevo! Dar dacă începi iar cu pelerinajul, nu știu ce-ți fac. Și ai în vedere că eu știu tot.

– Doamne, avem o problemă la Departamentul Moaște. Îmi pare rău că trebuie să cer, dar fă și Tu o minune pentru o serie de fonduri la pelerinaj, ca să putem și noi să organizăm niște concerte Fuego pentru enoriașe, să dăm niște medicamente compensate, ceva, o promoție la tigăi, orice.

Toți ceilalți sfinți îi aruncă Paraschevei priviri lungi și pline de reproșuri. Toți se gândesc la același lucru: „Iar vine asta cu babele ei de ne face pe toți să părem ultimii proști, că nu suntem în stare să adunăm așa mulțimi, și iar primește o promovare, că n-o mai satură Dumnezeu niciodată".

– Și pensiile, Doamne! Ce facem cu pensiile, continuă ea, imună la gândurile celorlalți.

– Ce treabă avem noi cu pensiile, Paraschevo? Noi suntem privați, îi răspunde Tatăl. Cel mult putem să vorbim cu Nicolae să lase o ciocolată în plus la iarnă în bocanci.

– Să știi că am primit chiar acum o bună-vestire, Para, și s-au mărit pensiile, e în regulă. De-aia am trimis PSD-ul pe Pământ, intervine Gavril.

– Eu nu cred așa ceva, răspunde Toma. Nu cred până nu văd. Arată-mi un cupon, un fluturaș ceva, nu se poate numai așa, din vorbe.

Cei trei încep să se certe între ei, Gavril și Mihail reiau și ei discuțiile, iar Moise țipă la toți să se calmeze că se fac de rușine, amenințându-i că dacă nu tac îi duce-n deșert 30–40 de ani. Dumnezeu își pune mâinile în cap, de parcă nu-i venea să creadă cât de alintați sunt cei mai apropiați sfătuitori ai lui.

– Alte probleme mai aveți? îi întreabă Dumnezeu pe un ton aspru.

De undeva mai din spate se aude o voce timidă.

– Aș avea eu ceva, Doamne...

– Hai, Vasile, să te-aud.

– Ăăă... păi apropo de zile de naștere la comun... eu, Grigore și Ioan... am vrea și noi să...

Înțelegând exact încotro se duce discuția, Dumnezeu răbufnește. Se ridică furios în picioare, dă cu palma în masă și face liniște:

– Gata! Mi-a ajuns! Chiar trebuie să vă dădăcesc eu la orice pas ca pe niște copii răsfățați? Ce-o să faceți atunci când eu n-o să mai fiu?

– Păi Tu ești etern, Doamne, îi răspunde Grigore timid.

– Știu, era o vorbă, taci din gură! Am nevoie de-o pauză, nu mai pot! Gata, m-am decis. Plec în concediu! exclamă Dumnezeu hotărât, fără să-l mai lase pe Mihail să-l întrerupă.

– Dar...

– Gălăgia! Trebuie să vă învățați să vă descurcați și fără mine, nu se poate așa ceva! N-am plecat într-o vacanță de 2 000 de ani, cred că merit și eu puțină liniște. Hai, spuneți-mi o destinație potrivită pentru mine, zice Dumnezeu, așezându-se înapoi pe scaun.

Toți cei de la masă privesc în jos rușinați și pioși. Nu le vine să creadă ce tocmai au auzit, și unii dintre ei încă speră să fie o glumă. La fel cum a crezut și Noe atunci când Dumnezeu l-a întreabă ce știe despre construit bărci și crescut animale. Nimeni nu mai spune nimic.

– Hai odată, că nu întineresc. Să vă aud!

– Fâșia Gaza, Doamne, răspunde Lazăr mândru. Acolo sunt numai oameni credincioși care luptă pentru...

– Lazăre, ridică-te și umblă, să iei o gură de aer, poate-ți mai revii un pic, îi răspunde Dumnezeu, auzind inepția.

Lazăr, ascultător, pleacă din cameră.

– Alte idei geniale?

Parascheva vorbește neîntrebată, lucru la fel de rar precum un trifoi cu douăsprezece foi, care de altfel în Rai se găsea totuși pe toate drumurile.

– Dumnezeul meu, Tu trebuie să mergi undeva unde creștinismul e în floare, unde oamenii sunt plini de credință și...

– Iar vorbește tocilara asta, îi șoptește Mihail lui Gavril, lovindu-l subtil cu cotul.

Amândoi își dau ochii peste cap.

– Un loc în care bunătatea abundă, rugile sunt sincere și totul este...

– Leagănul Maicii Domnului, Doamne, intervine Sfântul Andrei, având o revelație.

– Poftim? întreabă Dumnezeu nedumerit.

12.164.574
rugăciuni/oră

Andrei își scoate telefonul și caută pe net harta Europei.

– Acesta, zice el, arătându-i lui Dumnezeu România cu degetul. Uite, Doamne! Oamenii de aici sunt renumiți pentru bunătatea și credința lor, dar și pentru turism. Plus că eu am dus creștinismul acolo, îi știu bine. Crede-mă, mergi la sigur acolo, recomand 100%. Le-am dat cinci stele pe Saint TripAdvisor.

– Bine, fie! O să merg pe mâna ta, Andrei!

Andrei zâmbește mulțumit că a mai câștigat câteva puncte în fața șefului.

– Alt lingău, șoptește Mihail din spate.

– Ilie! strigă Dumnezeu. Cum va fi vremea acolo? Iau pantaloni scurți, umbrelă, o eclipsă de soare?

Sfântul Ilie se ridică de la masă și se duce lângă un televizor cu ecran mare pe care a apărut harta României.

– După cum vedeți, în Bărăgan avem ușoare averse pe timpul nopții, Dobrogea și Muntenia ne răsfață cu soare toată săptămâna, iar în Transilvania avem 25 de grade Celsius... și unguri.

– Bun! Așa rămâne! Cât zice Waze-ul că e până acolo?

Dumnezeu se ridică de la masă și se duce să-și facă bagajele. Toți ceilalți rămân în sala de consiliu și încep să vorbească între ei, necrezând, în frunte cu Toma, că Tatăl lor îi va lăsa pe ei singuri în Rai pentru prima oară în 2 000 de ani.

CAPITOLUL 4

Primul lucru cu care dai piept dacă ajungi în Iad este mirosul înțepător de acolo. În mod constant simți o aromă de îmbâcseală, exact mirosul de autobuz aglomerat într-o zi de august combinat cu sertarul de chiloți al lui Viorel Lis. Calitatea aerului e una foarte precară, dar chiar și-așa, în topul celor mai poluate orașe, Bucureștiul bate Iadul cu vreo douăzeci de locuri. La intrare în Iad sunt treizeci de cozi imense de oameni, care mai de care mai păcătoși, ce se privesc unul pe celălalt cu teamă în ochi, strângând la piept dosarele cu șină în care se află toate păcatele lor. Sunt condamnați la chin etern și încă nu conștientizează lucrul ăsta. Satana a avut grijă ca locul în care torturează sufletele pentru întreaga eternitate să fie unul exact așa cum trebuie, cu niște experiențe oribile. De exemplu, ce nu știu săracele suflete care și-au bătut joc de viața pe Pământ și de învățămintele Bibliei este că în momentul când reușesc să ajungă printre primii la oricare dintre rânduri, după zeci de ore de așteptare, portarul se uită la ceas, pune semn în geam cu „Am închis“, trage oblonul, se ridică și pleacă. Iar oamenii sunt obligați să se mute la altă coadă, și lucrul ăsta se întâmplă timp de trei luni și trei zile și abia după asta primesc dreptul de a intra în clădire. Clădirea Iadului arată exact ca o școală de corecție abandonată, cu geamurile sparte și acoperite de gratii, cu linoleum pe jos, igrasie peste tot și o baie comună pentru fiecare 10 000 de oameni, cu două veceuri la care se poate trage apa doar o dată pe lună, nu există colac și nici hârtie igienică. Genul de loc care ar părea bântuit, dar nu e, pentru că au și fantomele niște standarde. După ce reușești să treci de poartă, te găsești pe un hol lung plin cu ecrane mari în care poți să-ți vezi toți dușmanii de pe Pământ cum ajung în Rai și sunt primiți acolo cu Prosecco și brânză cu mucegai, fotomodele în costum de baie și valize de bani. De îndată ce treci de aceste două glume ale tartorului suprem, te lovește un sentiment ciudat în burtă, de parcă brusc ai mâncat înghețată cu bere și te ia la vale, iar senzația constantă pe care o ai pentru tot restul timpului este că stai pe veceu, te trece tot timpul, dar de fapt ești constipat. Și tot ce ai de citit în budă este *Evenimentul Zilei* din 8 august 1997.

După asta urmează locul în care îți primești partenerul de vecie. Când intră acolo, în primul rând, bărbații chelesc și le crește burta, iar femeilor le crește instant părul de pe picioare și intră la „menostart", adică o menstruație constantă. Practic opusul menopauzei. Apoi tuturor bărbaților li se dă o nevastă. Aceasta îi înșală cu cel mai bun prieten al lor, nu tace niciodată și are fața Andreei Tonciu dinainte de operație, corpul Ozanei Barabancea dinainte de slăbire și vocabularul lui Serghei Mizil dintotdeauna. Pe de altă parte, toate femeile îl primesc de soț pe Victor Ciorbea și sunt nevoite să se culce cu el de două ori pe zi, cu lumina aprinsă, să filmeze tot și apoi seara, înainte de culcare, să se uite la clip. După ce se creează familiile, oamenii primesc un apartament de douăzeci de metri pătrați, fără toaletă sau pat. Acolo, vecinul de deasupra mereu aspiră, ăla de lângă dă cu bormașina șaișpe ore pe zi și cel de dedesubt ascultă muzică bisericească la maximum, din boxe de dimensiunea unui Matiz. La fiecare doi pași pe care îi faci în casă te lovești cu degetul mic de la picior de dulap, curent electric ai doar o oră pe zi și de fiecare dată când faci duș, după ce te-ai dat cu gel de duș pe corp și cu șampon pe cap, apa se face rece ca gheața. Când vrei să dormi, perna e mereu caldă pe ambele părți, toate firele oricărui tip de încărcător au maxim 10 cm. La televizor, dacă te uiți la meci, mereu îți pică transmisia când are ocazii echipa ta preferată și nu poți să vezi niciodată cât e scorul. La seriale se vorbește doar în limba rusă și sunetul e decalat față de video cu trei secunde. Singurul loc în care poți să vezi filme normale este la cinematograf, iar acolo toți ceilalți oameni vorbesc la telefon și o dată la zece minute de film ai două ore de reclame la Catena, cu Adrian Enache și Nico, acestea fiind de altfel și singurele concerte din Iad.

Satana s-a gândit la toate aspectele atunci când a lucrat la infrastructura subterană și a fost extrem de atent la toate detaliile. În Iad ai mereu mâncare între dinți, iar scobitori nu există, toată berea disponibilă e deschisă de două zile și e la temperatura camerei, există și un club, dar acolo nu poți să te îmbeți și ești mereu mahmur a doua zi, la difuzoare cântă doar melodiile de la Catena, cântate de Adrian Enache și Nico. Toate pungile sunt făcute în așa fel încât să nu le poți deschide niciodată, tot untul este tare, orice pantofi porți îți sunt cu un număr mai mici, telecomanda nu merge niciodată și de fiecare dată când aprinzi o lumină ai șanse 50% să se ardă becul. La telefon mereu ai o singură liniuță la net și merge extrem de greu, deci practic ai net de la Telekom, ai mereu în casă un țânțar pe care dacă reușești să-l omori, îți mai apar doi și tot așa mai departe.

Există și magazine în Iad, însă la toate hipermarketurile e inventar mereu, iar la buticuri scrie „Vin în 10 minute" pe ușă. La restaurante, chelnerul îți scuipă mereu în mâncare atunci când ți-o aduce și indiferent ce mănânci are gust de broccoli. Toate semafoarele din Iad sunt pe galben și de fiecare dată ai în spate un taximetrist care te claxonează până pleci. Se face verde doar un minut pe zi și niciodată nu se întâmplă asta la aceeași oră. La muncă ești obligat să mergi în fiecare zi câte douăsprezece ore, dar te afli tot timpul în perioada de probă. Iar joburile disponibile sunt, la alegere, căutarea acului în carul cu fân, separarea pliculețelor de 3 în 1 în fiecare dintre componente, separarea orezului din pungi bob cu bob, traducerea *Shogun*-ului în ebraică și număratul firelor de păr din capul rockerilor.

Bineînțeles, există și un Spital, dar pentru femei, acolo găsesc doi doctori orbi și cu Parkinson, iar pentru bărbați singurii medici disponibili sunt Ciomu și italianul ăla cu opt clase care era doctor prin România. Șeful Poliției e Fane Spoitoru și poți să denunți doar faptele bune, în cazul în care cineva se încumetă să-l supere pe Satana în vreun fel. Toți oamenii cu care intri în contact pot să-ți citească gândurile, în fiecare noapte când încerci să te culci te ia durerea de măsea și oricând încerci să-ți tai unghiile îți jupoi și pielea de pe deget.

Lucrurile nu sunt deloc minunate în Iad, dar, chiar și-așa, Satana nu pare foarte mulțumit. Se putea și mai bine, adică mai rău. Mereu se poate mai rău.

CAPITOLUL 5

În fața clădirii Iadului, lângă cele treizeci de cozi, se află Parcarea Blestemată, locul în care au voie să intre doar cei mai nenorociți dintre membri. În fața ei stă un băiat la vreo douăzeci și cinci de ani, cu barba rară, hainele murdare, o șapcă soioasă pe cap și niște unghii neîngrijite. La un moment dat, apare lângă el un BMW cu volanul pe dreapta și numere de Bulgaria, cu vopseaua jerpelită și geamurile lăsate. Parcagiul, trezit din letargie de sosirea mașinii, tresare dintr-odată de parcă i s-a încărcat brusc personajul.

– Bag-o aici, boss! Dă-i! Dă-i! Dă-i! țipă el energic.

Șoferul dă cu spatele cu încredere. Cu prea multă încredere, totuși, fiindcă mașina lovește cu putere zidul clădirii.

– Perfect! exclamă parcagiul mulțumit.

Șoferul se dă jos din mașină trântind portiera atât de tare încât era să rămână fără geam la „bolid“. Poartă un tricou mulat roz, cu gulerul ridicat pe gât, părul plin cu gel și o pereche de ochelari de soare pe frunte. Plin de nervi și gesticulând ca un italian în orice conversație, îl fixează cu privirea pe tânăr.

– Ce-ai făcut, bă nene, bă? M-ai băgat în zid, ai distrus bunătate de mașină, trăi-ți-ar familia!

– Stai liniștit, că ăsta-i doar începutul problemelor tale. Ia zi, cât stai?

– Treizeci de zile, sunt în *internship* deocamdată.

– Treizeci de zile... răspunde parcagiul ațintindu-și ochii în sus de parcă avea prea puțini RAM și intrase în *buffering*. Deci 40 de lei pe zi ori 30 de zile... 25 de milioane. Și asta că sunt băiat de comitet, ți-am făcut pachet *gold*.

– Păi stai puțin, răspunde șoferul nesigur. 40 de lei ori 30 de zile face 25 de milioane?

– Ai dreptate, m-ai prins. 20 de milioane, zice parcagiul cu o mutră vinovată.

Șoferul, la fel de priceput la matematică precum Viorel și Vulpița, îi răspunde parcagiului sigur pe sine:

– Așa da! Tu crezi că mă păcălești chiar așa, am terminat și eu școala vieții, vorba aia. Ai grijă de ea, da? se asigură el în timp ce scuipă timid pe degete, frecând puțin capota mașinii.

– Da, bossule, ți-o îngrijesc cum n-au avut grijă ultimii treizeci și opt de proprietari de ea. Hai că ești simpatic, dacă te dai bine pe lângă șefu' poate devenim colegi, cine știe?

– Ce-ai, mă, ești nebun? Eu am venit în vacanță aici, nu la muncă, îi răspunde tăios șoferul. Ia zi, unde mă duc acum?

– Te duci la drac... Aa, nu, mai ai un pas. Te duci la tonomatul ăla și plătești parcarea, răspunde tânărul.

– Ce-ai, mă, ești nebun? Tocmai ți-am dat ție banii, ce parcare să mai plătesc?

– Păi ce treabă are una cu alta, boss? La mine plătești protecția. Eu ți-o păzesc ca să nu ți-o zgârie nimeni, că e multă lume rea pe-aici, să moară familia mea!

– Care lume rea? Eu văd că ești numai tu aici.

– Exact! Lume rea, cum spuneam, spune parcagiul, jucându-se cu un briceag ascuțit pe care îl scoate din buzunar. Atâta zic, ar fi păcat să pățească ceva mașina. Și dacă știi unde suntem, știi că nu ducem lipsă de păcate.

Exasperat de toată situația, omul renunță la proteste și pleacă spre tonomatul de parcări. Parcagiul, rămas în urmă, își bagă banii în buzunar, iar cu briceagul îi trage o dungă pe mașină, de pe o portieră pe alta, extrem de calm și jucăuș.

– Lume rea... n-ai ce face.

Toată discuția dintre cei doi este urmărită cu o privire captivă de la un geam din interiorul clădirii de o tânără brunetă, cu ochii verzi acoperiți de niște ochelari sexy, cu rame mari, care-i stăteau obraznic pe nas. Are șoldurile proeminente, în stil brazilian, unghiile mari și tăioase, iar pe buzele i cărnoase, un ruj roșu aprins se conturează îndrăzneț. Ai putea să-ți imaginezi vreo sută de păcate pentru care a ajuns ea în Iad, dar de fapt era numai unul, cel originar. Era Eva. În spatele ei, stând cu picioarele pe birou și trăgând cu patimă dintr-un bong, șade Satana pe un scaun de *gaming* în spatele unui birou vechi din lemn de culoare deschisă, de genul catedră într-o școală de la țară în care ultima investiție a fost o sobă nouă în cancelarie în 1820. Atmosfera e destul de tensionată, de parcă abia au avut o discuție aprinsă și acum reflectează asupra concluziilor. Ca atunci când copilul de 12 ani vrea să se lase de școală și să fie vlogger și nevasta îl roagă pe soț să-l ia cu binișorul, că asta e doar o fază. În scurtă vreme, însă, liniștea se năruie.

– Eva, zice Satana, adu-mi și mie un măr.

– Sigur, imediat, șefu', răspunde ea, promptă ca de fiecare dată.

– Dar ce-i cu tine, costiță? o întreabă Necuratul dezamăgit de amabilitatea ei. Ia vino să-ți iau temperatura! Dacă n-ai febră e ceva în neregulă.

– Dar sunt super OK. Am făcut ceva greșit?

– Ce-i cu amabilitatea asta? M-am purtat eu vreodată frumos cu tine ca să merit asta?

– Păi am zis să vă răsfăț, răspunde ea stânjenită.

– Aoleu, nu mai pot! Unde-i Eva aia pe care o știu eu? Când te-am cunoscut, făceai lucruri de roșeam și eu, lucruri cu care nu ar fi de acord nici un sinod ecumenic și acum... Trăgeam de tine zile-n șir să iei un măr din copac, îi reproșează Satana ridicându-se de la birou. Și acum zici „Sigur, imediat, șefu'".

– Am crezut că îți place să fiu drăguță...

– Îmi place, auzi... Păi de-aia am venit eu atâta amar de drum până în Rai? Tu știi ce aglomerație e până acolo, mai ales în weekend? E mai ceva ca pe Valea Prahovei.

Eva încerca să-i facă toate poftele lui Satana de fiecare dată și mereu era supărată când acesta era nemulțumit de ea. Așa că ia un măr de pe măsuța de sticlă din spatele ei.

– Bine atunci... Ia mărul ăsta cu viermi, rahat cu ochi ce ești! Sper să-ți rămână-n gât și ție!

– Eee, vezi că se poate? îi răspunde Nichiduță fericit.

Mușcă mulțumit din măr și se încruntă.

– Auzi? Ăsta e cumva spălat?

– Da! L-am spălat chiar eu! spune ea mândră.

– Păi futu-ți gâtul mă-tii! Mă iei la mișto la mine-n birou? Îmi dai fructe fără microbi? Credeam că am văzut ceva în tine, dar, sincer, mai bine te lăsam cu bărbatu-tău! strigă el și iese din birou trântind ușa.

Eva rămâne singură, cu mărul în mână și oftează îndelung. Ia bongul lăsat de izbeliște pe birou și trage puternic din el. Se scufundă în scaunul șefului ei, lasă capul pe spate și închide ochii, visând parcă la un viitor mai bun. Sau, în cazul ei, un trecut mai bun.

CAPITOLUL 6

Satana se plimbă îmbufnat prin cartierul rău famat al Iadului, pe lângă halele de producție. Chiar dacă e vorba de Iad, există cartiere bune și cartiere proaste. Ei bine, ăsta e din a doua categorie. Locul se numește Inferentari și arată ca un combinat siderurgic. E fum peste tot, plin de gunoaie pe jos, iar zgomotele de ciocane care lovesc oțelul sunt acoperite doar de urletele de disperare ale celor osândiți aici. Văzând chinurile oamenilor din jur, parcă îi mai revine puțin zâmbetul pe față, dar tot mâhnit este. Nu înțelege ce s-a întâmplat cu regatul său la care a trudit atât de mult pentru a-i face nefericiți pe toți cei de acolo.

După mai mulți pași, îi apare în față un bărbat musculos, cu un șorț la brâu, niște brățări metalice prinse la încheieturile mâinilor, părul slinos, ochi negri și pătrunzători. Stă lângă un ceaun în care se afla un om și presară niște oregano în apa clocotindă. Când îl observat pe Necuratul, își ia sulița în mână, pune deoparte condimentul și ia poziția de drepți instant.

– *Heil*, Satan, spune ridicând două degete în sus, precum rockerii.

– Ce avem azi la prânz? îi răspunde Satana, făcându-i același semn.

– Gulaș.

Necuratul se uită neimpresionat către omul din ceaun, iar apoi bagă un deget în apă.

– Nu-i cam rece? întreabă el.

– Asta i-am zis și eu, intervine ungurul din ceaun. Am trăit o viață întreagă în Miercurea-Ciuc la 9 grade la jumatea lui august. Am sperat că vin și eu aici la căldură, și uite peste ce dau! Ciorbă reîncălzită.

– Păi dă focul mai tare, te temi de factura de la gaz? îi poruncește Satana fochistului pe un ton autoritar.

– Mi-e milă, stăpâne, că-l perpelesc de trei ore...

– La Dumnezeu cu mila, nu aici! strigă Satana furios. Dispari din calea mea!

Apoi bate din palme și îl transformă pe fochist într-un șobolan. Acesta fuge mâncând pământul, iar Satana pleacă nervos.

– S-a stricat și Iadul, concluzionează ungurul din ceaun, băgându-se și mai adânc în apă.

Satana își continuă drumul, dezamăgit. Dă cu piciorul în tot ce-i iese în cale, bolborosește încontinuu a lehamite și oftează nemulțumit. Nici el nu știe încotro se îndreaptă, dar simte că are nevoie de o plimbare pentru a-și pune ordine în gânduri. Poate că avea dreptate și ungurul din ceaun și Iadul nu mai e chiar așa cum a fost. O fi oare vina lui? Poate o fi de la intențiile alea bune cu care a pavat drumul spre Iad. Poate s-a obișnuit ca totul să meargă de la sine, așa cum s-a întâmplat atâtea mii de ani, și nu a avut ochi să observe ceea ce se petrecea chiar sub nasul lui și n-a văzut că oamenii lui de suflet își pierd din depravare și din răutate. Știe că, dacă totul continuă să meargă așa, ar ajunge să aibă niște angajați model și mulțumiți. E aproape să-și facă o cruce când îi trece gândul ăsta prin cap. Oricum, faptul că se învinuiește n-are cum să-i rezolve problema, însă o parte din el tot speră ca lucrurile astea să fie doar niște întâmplări. Se simte obosit, la fel ca unii cântăreți de pe la noi după treizeci de secunde de cântat live. După aproape jumătate de oră de pași lenți prin Iad, îi apare în cale un bărbat slăbănog, cu o barbă neagră și deasă, îmbrăcat cu o robă roșie lungă până la podea, cărând un ștreang după el. Omul îl salută cu același gest pe care l-a făcut și fochistul.

– *Heil*, Satan! Ce bine că te-am întâlnit. Vezi că Iisus o să fie la...

– Nu mă interesează, Iuda, i-o taie scurt Diavolul. Ne-a scăpat, obișnuiește-te cu ideea. Mă freci la cap cu treaba asta de 2 000 de ani, gata, lasă-mă-n pace că am griji mai importante. Și oricum, oriunde se duce Iisus, își dă *check-in*, pot să văd și singur unde e Iisus!

– Nu te enerva, că faci riduri, șefu'. Nu ești tu când ți-e foame, vrei un Snickers să-ți mai revii?

– Chiar n-am chef de tine, serios, lasă-mă că am treabă. Mai bine îmi turnai un whisky, decât să mi-l torni iar pe Iisus.

– Stai, stai că mai am o informație care cred că o să te intereseze, spune Iuda prinzându-l de braț. Am auzit că Hitler strânge armată ca să cucerească Iadul. Vrei să-ți spun unde se întâlnește cu generalii?

– Ia zi, răspunde Satana plictisit.

Iuda se apropie mulțumit de urechea lui și îi șoptește, zâmbind iscoditor.

– Bine, bă, Iuda, hai că mă ocup eu de asta când am timp. Acum trebuie să plec.

– Păi stai, n-ai uitat nimic? întreabă Iuda întinzând o mână spre el.

– Aoleu... Mă scoți din minți! Știi că nu avem nici un magazin în tot Iadul care să accepte arginți! Suntem în secolul 21, fă-ți naibii Revolut!

Iuda agită din nou mâna goală. Satana scoate din buzunar o punguță cu niște arginți și i-o dă lui Iuda, în mod evident cu gândul în altă parte. Acesta începe să-i numere, iar Necuratul își vede de drum.

– 20 de arginți? Nu ne înțeleseserăm la 30? intervine Iuda, oprindu-l pe Diavol din drum pentru a doua oară.

– Inflația, răspunde Satana. A fost și pandemie și a crescut prețul argintului, n-avem ce face. S-au tăiat salariile, știi cum e, a fost greu pentru toată lumea.

– Da, cred că ai dreptate, cedează Iuda. Lasă așa, bogdaproste!

Satana își vede de drum, dar nu apucă să se îndepărteze prea tare fiindcă îl aude pe Iuda vorbind singur.

– Vai de mine, iar am făcut-o. Iar am trădat, și mi-am promis că nu mai fac asta. Sunt un om rău, Adolf s-a purtat așa bine cu mine, iar eu l-am vândut. Gata, mă duc să mă spânzur!

Satana își dă ochii peste cap și se enervează din nou.

– De câte ori să-ți mai spun că o singură dată poți să te spânzuri, tolomacule? Nu e ca și cum ajungi și mai jos de Iad, în SuperIad! Nu ești un om bun, că de-aia ești aici! Ce mama dracu'... mama mea ați pățit cu toții, ați luat-o razna? V-a lovit bunătatea pe toți, fir-ați ai mei să fiți!

Satana se arată din ce în ce mai decepționat. Îi e greu să accepte că până și unii dintre cei mai de încredere oameni ai lui au căzut pradă unor sentimente care până mai ieri nu aveau ce căuta în Iad. Într-un alt colț al Iadului vede o mulțime de oameni. Speră să fie ceva interesant: o bătaie între clanuri, o adunare a celor care cred că Pământul e plat sau măcar un amărât de protest împotriva cipurilor 5G pe care le pune Bill Gates în apa de la robinet. Când se apropie, vede o pancartă pe care scria „Păcătoșii anonimi". Un cerc de scaune ocupate de diverși oameni, iar în jurul lor, alții, în picioare, cu priviri solemne. Pe rând, oamenii se ridică de pe scaune sau fac un pas în față să ia cuvântul.

– Bună, eu sunt Angela și sunt păcătoasă, zice o doamnă de vreo patruzeci de ani cu părul făcut permanent.

– Bună, Angela, replică mulțimea.

– Mi-e rușine să spun, dar eu... eu am ajuns aici pentru că...

Angela șovăie și coboară ochii în pământ.

Ceilalți membri o privesc cu îngăduință și încurajare. „Hai, Angela", „Știm că poți" și alte îndemnuri pozitive se aud timid.

– Am ajuns aici pentru că am spălat duminica, se avântă ea curajoasă.

Ceilalți o privesc înfricoșați.

– Știu, spune ea izbucnind în lacrimi. E păcat mare, dar trebuia să plece soțul la muncă și abia descoperisem noul detergent neobișnuit care scoate 99% din pete și am fost nevoită s-o fac. Până atunci apăruseră doar detergenți obișnuiți...

Satana pufnește nemulțumit la auzul acestui așa-zis păcat. Alt membru păcătos se apropie de ea și o ia în brațe, consolând-o. Un păcătos de lângă ei se ridică în picioare. Este un bărbat îmbrăcat în haine rupte, murdar și mirosind a prenadez.

– Salut, eu sunt Alex și sunt un păcătos.

– Bună, Alex! răspund cu toții.

– Eu am ajuns aici pentru că am râvnit la bunul altuia, continuă acesta.

– Ce voiai să iei? întreabă tipul care o consola pe Angela.

– Mâncare, răspunde el scurt. Mi-era foame...

PĂCĂTOȘII ANONIMI

– Ooo, nu se poate așa ceva. Porunca e poruncă, nu ai ce face, răspunde Angela revoltată, iar ceilalți membri dau din cap aprobator.

Satana privește înmărmurit. Nu poate să priceapă cum s-a umplut Iadul de oameni atât de cuminți și încearcă să-și dea seama cum de i-a scăpat așa o greșeală. Se simte mai orb decât soția lui Viorel Lis (nu de alta, dar altă explicație pentru mariajul ăla nu găsim). Între timp, se mai ridică cineva de pe scaun. E un bărbat înalt și zvelt, bine construit, îmbrăcat în soldat roman, cu un coif pe cap și cu o sabie în mână.

– Bună ziua! Numele meu este Marcus Aurelius și sunt păcătos.

– Bună, Marcus!

– Eu am ajuns aici pentru că... Face o pauză ca să respire. Pentru că m-am născut prea devreme.

Mulțimea îl privește plină de reproș, de parcă îl condamnau doar din ochi.

– Ce pot să fac, noi credeam în alți zei. N-am știut! Tot auzeam că suntem în anul 30 înainte de Hristos, dar n-am știut cine e Hristos ăsta și am murit înainte să aflu. Aparent, eram eretic...

Mulțimea e siderată la auzul acestor cuvinte. Alex, Angela și restul membrilor acestui grup de ajutor reciproc clatină din cap nevenindu-le să-și creadă urechilor, exact ca niște bunici care află că nepoata lor a rămas gravidă și nu e măritată. Ăsta e momentul care îi pune capac lui Satana, care are o ieșire nervoasă.

– Aoleu, ăsta-i Iadul din secolul 21? Zici că-i curentul *#metoo* aici. Ce vremuri erau înainte, veneau aici oameni pentru genocid, pentru furturi care sărăceau o țară întreagă... Și acum uite cu ce ratați m-am pricopsit! Unde sunt criminalii?

Unde sunt dictatorii? Unde sunt frații, șmenarii, peștii, hoții, drogații, târfele, gaborii?

Mulțimea împietrește și toți îl privesc cu frică pe Satana. Nimeni nu știe ce să zică. În momentul ăla își face apariția un bărbat cu părul și mustața albe, îmbrăcat în soldat, cu un pistol la brâu și o privire încruntată.

– Tovarășe Satana, cursurile de gătit merg extraordinar. V-am adus o înghețată făcută chiar de mine ca să vă mai răcoriți un pic.

– Să mă răcoresc un pic în IAD??? întreabă Satana la un pas de nebunie. Și tu, Stalin? Și tu te-ai cumințit?

– Îmi pare rău, răspunde acesta spăsit.

– Îți pare rău? Ție?? Pe Pământ căutai în dicționar expresia asta când o auzeai. Gata! țipă Diavolul din toate puterea, oprindu-le inimile celor din jur. Nu vă mai suport! Am nevoie de o vacanță. Vreau depravare, vreau să mă agit undeva, vreau să vin mai obosit decât am plecat. Vreau să-și bată cineva joc de mine, nu se mai poate cu toată cumințenia asta de aici!

Satana bate din palme și apare lângă el Harta Depravării. Se uită peste ea și se plimbă cu degetul peste diferite locații. Prima oară se oprește pe Dubai. „Prea puține fițe“, își zice, trecând mai departe. Următoarea destinație pe care o alege este Amsterdamul. „Prea puține droguri!“, exclamă. În cele din urmă, pune degetul pe Mamaia. Dintr-odată, încep să iasă flăcări din jurul lui și fața i se luminează. Un zâmbet larg, care în scurt timp devine un rânjet molipsitor, îi acoperă chipul. „Perfect!“ își spune, apoi bate din palme și dispare. Păcătoșii anonimi se uită în continuare speriați la fumul care a rămas în urma lui Satana.

– OK, acum că a plecat șeful, hai, să ridice mâna sus cine vrea brioșe, țipă Stalin zâmbind pe sub mustață.

Apartamentul lui Satana era invidia vecinilor care locuiau în niște garsoniere în comparație cu care carcera de la Jilava pare încăpătoare. Patru camere, două băi și vedere spre lac. Lac de foc, bineînțeles, în care sunt torturați oamenii care te depășesc pe autostradă și apoi pun frână în fața ta, dar totuși un lac. Era genul de apartament modern și cochet, pentru care în Cluj ai plăti chiria câte un rinichi pe lună.

Eva stă pe canapea picior peste picior și se uită la golf, fiindcă acela era unul dintre cele patru posturi disponibile în Iad și singurul color, în timp ce încearcă de o oră să pună un selfie pe Instagram cu internetul oribil din Iad.

Satana apare, într-un nor negru, cu miros de sulf, care o face pe Eva să tresară.

– Doamne, ce m-ai speriat! zice ea lăsată fără aer, ducând o mână la piept.

– Cine zici că te-a speriat? spune Satana încruntat în timp ce dispare pe holul apartamentului.

– Drace, ce m-ai speriat! se corectează Eva.

– Eh, dacă o ziceai așa din prima… se aude vocea lui Satana de undeva de pe hol. Acum e degeaba. Fix de-aia plec!

Eva tresare și se ridică repede de pe canapea. Dispare și ea pe hol și îl găsește pe Satana în dormitor, cu șifonierul pe jumătate gol și cu o geantă de voiaj deschisă pe pat. Satana, după ce a aruncat și ultimele haine în bagaj, scoate un braț de furci și le înfundă în valiza care pare că nu are fund.

– Cum adică pleci? se răstește Eva nervoasă. Unde te duci? Să faci ce?

– Hai să-ți iau în ordine întrebările. Uite așa! Unde vreau io! Să-mi bag coada!

Satana pregătește o sacoșă de rafie din care scoate un pumn de punguțe transparente pline cu ceva ce pare a fi, dar nu e, făină. Le aruncă în geanta de voiaj.

– Dar aici nu poți să-ți bagi coada? îi șoptește Eva în timp ce-l scărpina între coarne.

– Aia zic! Că aici îmi tot bag coada de mii de ani, am nevoie de o pauză. Eu și coada mea avem nevoie de varietate. De nou. De depravare.

Eva pufnește, iar apoi se așază dezamăgită pe patul cu cuverturi roșii, cearceaf roșu și perne roșii. Satana scoate dintr-o cutie câteva dispozitive pe baterii cu formă de lanternă care vibrau și nu erau lanterne și le aruncă în geantă. Eva continuă discuția, pe un ton tânguit:

– Dar nu găsești depravare și aici? E totuși Iadul!

– Exact! Îți dai seama ce jignire pentru capacitățile mele de tartor suprem că trăiesc în Iad, dar trebuie să mă duc pe Pământ să găsesc păcătoși care știu să petreacă?

– Dar zi-mi totuși unde te duci! Dacă avem vreo urgență? Pe cine lași șef în locul tău?

– Șef în locul meu n-are cum să fie, doar să găsesc un fraier care să fie deprimat în locul meu că s-a stricat Iadul.

Satana scoate din dulap o sticlă care părea foarte veche. Se oprește o secundă.

– Chiar, costiță! Nu crezi că te-ai descurca tu să ai grijă de lucruri prin Iad?

– Încerci să mă cumperi! răspunde Eva.

Satana se uită admirativ la sticla veche.

– Uite, din sticla asta de vin l-am cinstit pe Nero până a dat foc Romei. Unii fac cam urât la băutură.

Eva nici nu-l bagă în seamă.

– Tot nu mi-ai zis unde te duci. De ce ești așa secretos?

– De mii de ani numai cu întrebări! Un lucru nu pot să țin pentru mine! Poți să-i zici vacanța cea de taină dacă vrei!

HĂRȚILE
DEPRAVĂRII

Satana mai scoate din dulap două umerașe, pe fiecare atârnând câte o robă roșie identică cu cealaltă.

– Ia zi-mi, care-mi vine mai bine?

– Nu-s identice?

– Ha! Identice! Ăsta e roșu de apus siberian și ăsta e sângeriu regal. Hai că le iau pe amândouă.

Satana aruncă ambele robe în geantă, trântește capacul și trage fermoarul. Apoi iese cu geanta din dormitor, iar Eva, făcând pași mici și deși, apare în urma lui, cu troncănind cu tocurile pe parchet.

– Tu chiar pleci? Unde pleci? Nu e normal să pleci!

– Nu e normal, adică regula e să nu plec. Și știi ce relație bună am eu cu regulile.

Satana trage geanta de voiaj la ușă.

– Și dacă vrei să știi unde plec, mă duc la Mamaia.

– Asta unde e, mai exact?

– Departe! Nu la mama dracului, la mama mamei dracului, de-aia îi zice Mamaia.

– Și ce faci acolo, în vacanța asta a ta?

– O să fac una, alta... poate una și alta împreună, vedem.

– Aha, deci te duci la agățat.

– Drăguța mea, eu am coarne. Mă duc la împuns.

Și cu o bătaie din palme, Satana dispare în același nor de fum cu care apăruse. Eva se uită dezorientată în jurul ei fără să priceapă nimic.

CAPITOLUL 7

Plaja din Mamaia e mai plină de oameni decât politica românească de corupți. Câteva manele diferite se aud cântând de la terase, rezultând un amestec de valoare și valori pentru care doar Mamaia este cunoscută. Algele sălășluiesc liniștite pe malul mării, iar șervețelele zboară în aer fără nici o jenă, exact ca petalele unei flori, dacă floarea aia ar putea să-și arunce petalele la gunoi, dar ar fi prea nesimțită ca să o facă. „Pentru blonde și roșcate, am adus porumb în rate. Ia porumbul de cocean, să-ți cânte Florin Salam", se aude din gura unui domn bronzat, care străbate nisipul plin de chiștoace al perlei litoralului românesc. Dumnezeu se uită în jur și încearcă să asimileze ce se petrece. Are așteptări mari de la copiii Lui, știe că aici o să-L întâmpine oameni vrednici, cu frică de El și rugându-se cu sfială și smerenie. Începe să se perinde printre oameni, trăgând brazdă prin nisip cu geanta albă de voiaj, până când observă un șezlong gol pe care s-a așază să-și tragă puțin sufletul după călătorie.

Un bărbat burtos, cu șapcă pe cap, ochelari de soare D&G la ochi și un prosop în jurul gâtului se apropie de el imediat.

– Alo, ai plătit pentru ăsta, băiatu'?

– Îmi cer scuze, fiule, îi răspunde Dumnezeu pe un ton calm. N-am știut că trebuie să plă...

– Ee, așa ziceți toți, îl întrerupe omul. De-aia nu se fac deloc bani pe-aici pe la mare și trăim cu toții de pe-o zi pe alta. Că dau numai peste din ăștia ca tine.

– Nu-i nici o problemă, haide că îți plătesc. Cât costă?

– 200 de lei pe zi.

– Păi eu aș vrea să stau doar o oră.

– Aaa, doar o oră stai... 200 de lei.

– Parcă ăsta era prețul pentru o zi întreagă, zice Dumnezeu indignat.

– Avem o ofertă la șezlonguri de vreo... douăzeci de ani încoace. Dai pe-o oră cât dai pe-o zi. Hai, marcă banu'!

– Bine, fie, răspunde Cel de Sus. O să plătesc suma cerută pentru că îmi doresc să susțin turismul românesc.

Scoate niște bani din buzunarul robei și se așază din nou pe șezlong. Casierul îl privește nemulțumit.

– Stai cu picioarele pe nisip?

– Da...

– E 80 de lei nisipul de sub picioare.

– Am crezut că dacă plătesc șezlongul, pot să mă bucur de tot ce e în jurul lui. Mai rămâne să mă taxezi și pentru aerul pe care îl respir.

– Aaa, nu. Aerul e din partea casei, doar nu vrem să luăm pielea de pe om. Sunt oameni de-ai lui Dumnezeu.

– Nu sunteți ai Mei, sigur.

– Deci îți pun și nisipul, și umbrela? Îți las cu totul la 170 de lei dacă vrei.

– Poftim? Dar ia spune-mi, bon îmi dai pentru toate astea?

– Bon? *Bon appétit,* dacă vrei. Păi nu de-aia vin oamenii la mare, ca să scape de birocrație, să se relaxeze...

– Lasă că o să-mi găsesc alt loc în cazul ăsta.

Dumnezeu se ridică în picioare și pleacă dezamăgit.

– Hai, bre, că te las la 150, țipă casierul după el. 135, boss! Dumnezeu nu se clintește. 120, să moară familia mea, îmi fac pomană cu tine.

Dar Dumnezeu nici nu vrea să audă. Nu putea să-și strice concediul mult așteptat chiar din prima oră, așa că decide să-l ignore și să plece. În spatele lui, la același șezlong apar doi oameni, soț și soție.

– Bună ziua, sărut mâna, îi salută casierul. 300 de lei de persoană șezlongul, cel mai bun preț de pe litoral, jur pe cele sfinte!

Dumnezeu se plimbă pe plajă dorind să se îndepărteze cât mai mult de omul de mai devreme. La un moment dat, vede un loc mai liber pe plajă, își întinde o parte din haina sa lungă pe nisip și se așază. Privea marea cu admirație, mândru de ceea ce a reușit să creeze. În scurt timp, apare lângă el un BMW care începe să claxoneze haotic. Geamul mașinii se lasă în jos.

– Ce faci, bre? țipă omul de la volan. Mi-ai ocupat locul de parcare.

– Dar e plajă aici, răspunde Dumnezeu, nu văd nici un marcaj...

– Eee, nu vezi. Păi am lăsat eu semn din chiștoace anul trecut când am fost aici. Iar au făcut ăștia curat, băi frate...

– Păi și unde mai exact ai vrea să stau și eu la plajă?

– Dar ce-mi pasă mie unde faci tu plajă? Ce, suntem frați de cruce? Du-te și tu în parcarea aia de mai încolo și fă plajă! N-am văzut nici un prosop acolo.

– De ce nu vrei să parchezi în locurile special amenajate, fiule?

– Tati! Tu vrei să merg 150 de metri pe jos de la parcare la terasă? Păi am venit în concediu, bă, nu la jocurile olimpice!

– Știi că lenea e unul dintre cele șapte păcate capitale, copile?

– Ce-ai, mă, ești nebun? Io-s obișnuit cu capitalele, țărane, că sunt din București, am gagică-n Londra și lucrez în Frankfurt! Hai, dă-i drumul de-aici!

– Frankfurt nu e tocmai capita...

– Marș, măă! urlă cu putere vlăjganul.

Dumnezeu se ridică în picioare, dă din cap dezaprobator și pleacă.

– Șefule! strigă șoferul după Dumnezeu. Șefu'!

Dumnezeu se oprește din mers și se întoarce, știind că remușcarea îl va ajunge pe șofer și o să-și dea seama că a greșit cu această modalitate de a se comporta.

– Mă împingi și pe mine puțin, trăiască ce iubești tu? întreabă cocalarul în timp ce mașina patina împotmolită în nisip.

– Eu am încercat să te aduc pe calea cea bună, dar tu ai fost încăpățânat.

– Păi împinge-mă acum pe calea cea bună.

– Nu! Și sper că ai învățat ceva din asta, îi răspunde Dumnezeu tăios.

– Da, șefu', normal c-am învățat.

– Așa, fiule, sunt mândru de tine.

– Am învățat să nu mai vin în viața mea pe plajă cu tracțiune spate. Aia cu 4x4 n-avea nici o problemă pe-aici, să-nnebunesc dacă te mint!

Dumnezeu îl privește cum încearcă în continuare să iasă cu mașina din nisipul ud, se răsucește pe călcâie și face cale întoarsă. „Ei, am avut puțin ghinion aici, dar totul o să fie bine. Mă duc să mă odihnesc că e totuși duminică, și apoi mă apuc să vizitez locul ăsta frumos", își spune El în gând, uitându-se în jur după hotelul la care l-a cazat Parascheva.

CAPITOLUL 8

Pe aceeași plajă din Mamaia, dintr-un norișor de fum, apare și Satana. Se uită în stânga și în dreapta să se familiarizeze puțin cu locul. Din depărtare se aude o voce dintr-o portavoce mai bătrână decât oamenii pe care-i anunța:

– Regii comediei și ai muzicii! Romică Țociu, Cornel Palade, Axinte și Mihai Mitoșeru alături de trupa Bambi și Sorinel Puștiu numai în seara asta la teatrul de vară!

– Hmm, aceiași ca în '95, zice Satana către sine zâmbind. Se pare că țara asta chiar nu avansează deloc.

La câțiva metri de el, doi bărbați corpolenți par a avea o dispută. Amândoi sunt destul de voinici, șuncile atârnându-le peste slipurile de firmă. Genul de oameni care mergeau la sală până și-au găsit nevastă, apoi au trecut de la ridicat gantere, la ridicat paharul de bere și scobitorile cu mici.

– Bă, ești nesimțit?

– Cum mi-ai zis, mă?

– Îți lași șlapii ăia ieftini aici în mijlocul drumului ca să mă împiedic eu de ei?

Satana se apropiat plin de entuziasm.

– Dar ce, frate? Ai picioare teleghidate, nu poți să treci pe lângă ei?

– Spune-i că nu-ți zice nimeni ție pe unde să mergi, îi șoptește Satana celuilalt bărbat.

– Bă, mie nu-mi zice nimeni pe unde să merg, ai înțeles? Nici măcar mama, să moară mama!

– Uu, improvizație... mi-a plăcut asta, îl apreciază Diavolul, trăgându-se apoi către celălalt bărbat.

– Spune-i că dacă-i ocolește, mai face și el niște sport, poate mai dă jos din burdihanul ăla.

– Ia ocolește-i, bă, să mai faci și tu niște sport, poate mai dai și tu jos din... Din?

– Burdihan, îl ajută Satana.

– Din burdihanul ăla, bă, spune omul mulțumit.

Satana se întoarce către primul bărbat.

– Spune-i așa: Stai tu liniștit că lu' mă-ta i-a plăcut burta mea.

– Lui mă-ta i-a plăcut burta mea, bă. Când am lipit-o cu fruntea de ea.

– Bă, tu te iei de mama?

– Eu nu mă iau de ea, dar ea m-a luat pe mine de...

Al doilea bărbat sare ca ars și, punându-i o mână direct în gât celuilalt, îi oprește ultimul cuvânt, iar cei doi încep să se ia la bătaie pe plajă. Satana zâmbește malefic și pleacă de lângă ei extaziat. „Presimt că o să fie o vacanță blană rău", își spune, frecându-și mâinile de fericire. Apoi o ia la pas în continuare pe plajă, și îl observă pe vânzătorul de porumb care trecuse și pe lângă Dumnezeu cu ceva vreme în urmă.

– Bagă-i porumbelu-n față dacă are slip cu ață! Bagă-i porumbelu-n spate, dacă-s țâțele lăsate, strigă vânzătorul cu patos pe plajă.

Cu o mână ține găleata cu porumb, iar cu cealaltă își scoate chiloții din locul în care nu bate nici soarele. În momentul ăla apare lângă el o domnișoară care îi cere un porumb. Vânzătorul ia cleștele în mână, dar Satana îi șoptește un gând de la distanță. „Dă-i cu mâna, nu cu cleștele. Pentru ce ți-a dat Al

de Sus mâini? Dă-i porumb cu condiment, luat fix de la instrument, vorba ta." Vânzătorul aude indicațiile și le respectă întocmai. Mulțumit și de isprava asta, Satana își mută privirea către mare. Acolo zărește un bărbat singur care stă în apă nemișcat. Își folosește puterile ca să vadă exact ce face și observă că omul își făcea nevoile în apă. „Deci de-aia e marea sărată", își zice.

– Nici nu vreau să știu de ce-i zice Marea Neagră, mormăie amuzat.

Apoi se uită la ceas, dându-și seama că e destul de devreme și că are timp să tragă un pui de somn până să se apuce de distracțiile pe care i le poate oferi litoralul românesc. Se duce să caute un hotel, pășind agale și uitându-se la oamenii din jurul său. Observă un bărbat care aruncă un pet de bere fix lângă coșul de gunoi. Nu se poate abține să nu intervină.

– Lângă coș se aruncă, nemanieratule?

– Scuze, frate, mă grăbeam. Data viitoare o să...

– De ce n-arunci în mare? continuă Satana. Tu nu te gândești că e un pește undeva pe-acolo care-ar vrea să bea o gură de bere și nu are de unde să-și ia? De ce ești egoist?

– Ce? întreabă bărbatul, confuz.

– Ia aia de-acolo și arunc-o pe plajă măcar, acuma cât te văd eu! Ai idee câți oameni de la salubrizare sunt demiși zilnic din cauza celor ca tine, fiindcă nu le lași gunoaiele unde trebuie?

Omul ridică petul de lângă coșul de gunoi și pleacă de lângă Satana, făcându-și cruce în nenumărate rânduri.

– Băi frate, dar nici în concediu nu scap de semnele astea obscene, n-am văzut așa ceva. Eu îi ajut și tot pe ăla îl pomenesc, se burzuluiește Satana și apoi își continuă drumul.

Știe însă că a ales un loc perfect în care să-și petreacă acest concediu forțat de care are de gând să profite din plin.

CAPITOLUL 9

Dumnezeu e plin de nisip pe față, pe haine și pe geanta de voiaj care nu mai arată chiar atât de albă ca la început. Nici nu pare foarte încântat de experiența prin care a trecut. Ține în mână un pliant pe care e o poză a unui hotel superb, cu piscină, angajați fericiți și podea și geamuri strălucitoare. Când ridică privirea, observă că acea clădire din fața Lui nu prea semăna cu ceea ce se vedea în poză. Dumnezeu se uită mirat când la pliant, când la realitate și nu înțelege ce se petrece.

– Oare o fi adresa corectă? se întreabă El dezorientat.

Hotelul pe care îl privește e dărăpănat, balcoanele sunt mici și pline de haine atârnate la uscat, se văd bucăți de cărămidă prin locurile în care e căzută tencuiala și are grafitti pe pereți. După ce se convinge totuși că acela este hotelul Eden, cel pe care-l căuta, dă să intre. Ușa, însă, este blocată și nu poate să o deschidă. Mai forțează o dată, dar tot nu merge. A treia oară, împinge cu mai mare putere și ușa se deschide, dar Dumnezeu rămâne cu clanța în mână. Speriat, face repede o minune să pună clanța la loc înainte să observe cineva. În clipa în care pășește înăuntru, este întâmpinat de o domnișoară grăsulie, cu fața rotundă și cu niște ochelari pe nas care au niște lentile parcă furate de la un binoclu. Părul îi e prins într-un coc care se vrea modern, dar cumva o plasează undeva între invenția tiparului și a primului televizor.

– Bună ziua, zice femeia, privindu-l serioasă.

– Bună ziua, copilă, îi răspunde Tatăl.

– Sper că nu vă scuturați aici de nisip, îi spune recepționera din prima. Suntem totuși un hotel cu renume.

– Da, renume care nu prea se-aseamănă cu numele... răspunde Dumnezeu. Mă iertați pentru nisip, au trecut pe lângă cearceaful meu câteva zeci de oameni și m-au împroșcat cu nisip și de-aia... Știți, din nisip venim...

– În fine, vă rog mergeți la biroul Recepție, zice ea, apoi se întoarce și dispare pe o ușă.

Dumnezeu își trage geanta în fața biroului cu o plăcuță ruginită pe care scrie aproape ilizibil RECEPȚIE, iar la o palmă distanță se vede un semn cu „Revin imediat". Dumnezeu află pe pielea Lui că durata lui „imediat" s-a schimbat față de momentul când a fost inventat cuvântul. Apucă să testeze toate canapelele din holul hotelului, căutând măcar zece centimetri pătrați fără un arc care să-l împungă. Citește tot programul restaurantului care, după hârtia galbenă pe care era tipărit, pare de-o vârstă cu carnea din care se făceau șnițelele.

O ușă din spatele recepției se deschide și aceeași tipă de mai devreme iese binedispusă, până în momentul în care ochii îi cad pe Dumnezeu, iar iritarea clasică îi revine pe chip.

– Cu ce vă putem ajuta?

– Doamnă...

– Domnișoară! spune indignată arătând degetul inelar de la mâna stângă.

Este singurul deget fără nici un inel, în timp ce pe celelalte se odihnesc cel puțin câte două inele de o mărime cu siguranță prea mică.

– Domnișoară, vă aștept de jumătate de oră. Mi-ați spus să vin aici și ați dispărut.

– Hai să nu facem retrospectiva. Spuneți dacă vă ajut cu ceva sau mă întorc în pauză?

– Ăăă... păi cred că am o rezervare la dumneavoastră.

– Sigur la noi aveți rezervare? Noi suntem un hotel select și, judecând după hainele dumneavoastră, nu știu ce să zic, răspunde ea exact cu o secundă înainte să cadă pe podea lustra care se voia candelabru de cristal, dar era în proporție de 98% plastic. În fine, pe ce nume aveți rezervarea? întreabă recepționera fără să bage prea mult în seamă lustra spartă.

– Dumnezeu.

– Aha. Și mai cum?

– Făcătorul Cerului și al Pământului și al tuturor celor văzute și nevăzute.

– OK, domnule Făcătorul, zice ea uitându-se într-un monitor cu tub. Camera premium pe care ați rezervat-o, cu televizor alb-negru, baie la comun și saltea pe jos vă costă 1 500 de euro.

– Pe toată vara? întreabă Dumnezeu șocat.

– Pe noapte, răspunde femeia plictisită. Dacă vreți și mic dejun, 1 900 de euro.

– 400 de euro micul dejun!?

– Da, preț special pentru oaspeții hotelului.

– Nu vi se pare cam mult, totuși?

– Domnule, suntem în Mamaia. Dacă voiați ieftin, trebuia să mergeți în Maldive.

– Îmi pare rău, Noul Testament zice că a percepe un preț exagerat e un păcat...

– Domnule, vă cazați sau nu? se bagă ea peste vorbele Lui. Prețurile noastre sunt în conformitate cu serviciile, iar noi avem servicii de top.

– Copilă, încearcă Dumnezeu să o îmbuneze, nu aveți ceva mai ieftin, totuși? Mie îmi place simplitatea.

– Cea mai ieftină variantă e o cameră la 500 de euro fără baie și fără ferestre. Va trebui să semnați o hârtie în plus că nu ați fost încarcerat acolo și că ați intrat pe propria răspundere.

– Fără ferestre? Lasă că fac eu lumină din lumină, răspunde Dumnezeu resemnat. Bine, am să o iau pe aceea, că tare sunt obosit.

Recepționera îi dă fișa de cazare, iar Dumnezeu o semnează. Apoi femeia scoate o cheie de după tejghea și i-o înmânează.

– Camera 707, etajul 7. Liftul nu merge în perioada asta, micul dejun e de la ora 7 și nu aveți așternuturi. Să aveți o ședere plăcută!

– Mda, mulțumesc, răspunde Dumnezeu sceptic.

Ia cheia și se îndreaptă ușor către scări.

– Aveți grijă să nu-l treziți pe colegul de cameră, completează recepționera.

– Poftim? Am coleg de cameră? întreabă Domnul, siderat.

– Păi la prețul ăsta, ziceți mersi că nu aveți colegi mai mulți. Că n-au venit studenții încă. În fine, ăla e bagajul dumneavoastră?

Și recepționera arată către geanta care văzuse zile mai bune.

– Da, aia e, dar stați puțin, să scap de nisipul de pe ea și de pe mine.

Dumnezeu pocnește din degete, moment în care geanta și hainele redevin de un alb strălucitor. Când vede minunea cerească întâmplându-se exact în fața ei, tânăra de la recepție se luminează la chip dintr-odată și pare că începe să aibă o revelație.

– Maaaaamăăăă! Nu pot să cred, spune ea încântată, sub privirea mândră a Domnului. Nu, dar n-are cum...

– Ei bine, fata mea...

– Chiar tu ești? întreabă ea cu ochii mari. Să fie posibil așa ceva?

– Chiar eu sunt, da.

– Vai de mine, nu-mi vine să cred... Dumneavoastră ați fost la *Românii au talent*, nu? Cu magiile... Să vezi când îi spun lu' Nelu, o să moară de invidie.

Dumnezeu dă ochii peste cap, își trage o palmă divină peste frunte, ridică bagajele de jos și se duce glonț către scări.

CAPITOLUL 10

Ajunge Dumnezeu la etajul 7 transpirat și gâfâind, parcă părându-i oarecum rău că a ales calea omenească pentru a găsi camera în care era cazat. Culoarul are pereții de un gălbui indecis dacă să fie gri, dar sigur că a fost cândva alb. Podeaua e acoperită cu o mochetă atât de veche și de călcată în picioare încât a devenit semitransparentă. Nasul îi e brusc atacat de un miros de fum și vechi. Pe ușă scrie 707, dar primul 7 mai avea doar o urmă de lipici care arată că a existat cândva acolo. Dumnezeu apasă clanța oarecum temător și intră, acompaniat de scârțâitul ușii. Înăuntru, beznă. Pocnește din degete și brusc se face lumină. În acea clipă, îl descoperă în cameră, în fața lui, pe Satana care are un prosop de baie pe corp și unul pe cap.

– Doamne, ce m-ai speriat! zice Diavolul. Dacă mai aveam inimă, făceam infarct.

Dumnezeu rămâne perplex la vederea Diavolului.

– Și aici dau de tine, drace? se rățește Atotputernicul la el. Ce cauți în camera mea?

– Ia te uită, cine vorbește! N-ai intrat peste mine când eram îmbrăcat doar cu un prosop? Cât tupeu! Uită-te altundeva, nu mă mai fixa așa cu privirea!

– Unde-ai făcut duș, mă? Nici măcar nu are baie camera asta.

– N-am făcut duș. Așa stau eu în casă. În prosop, pe întuneric. Deja mă judeci.

– Ce cauți aici?

– Cum ce caut? Sunt în vacanță.

– Ba nu, eu sunt în vacanță!

– Bine, atunci eu sunt în pelerinaj, răspunde Satana sarcastic.

– Eu sunt în vacanță aici, ce să cauți tu în vacanță în Leagănul Maicii Domnului?

– Poate vrei să zici Leagănul bombardierilor și al pițipoancelor.

– Vorbești prostii, drace. Românii sunt un neam credincios, brav și demn.

– Cine, mă, românii? Care au cei mai mulți jucători la păcănele pe metru pătrat?

– Au și ei patimile lor, ca fiecare popor, dar au și coloană vertebrală. Sunt un popor ales.

– Românii? Care au mai multe videochatiste decât au nemții BMW-uri?

– Oricine poate să cadă în păcat, dar oamenii ăștia se căiesc de zor atunci când comit un păcat și se revanșează întotdeauna.

– Dacă zici de cămătari, da, așa e. Ăia se revanșează întotdeauna... Ai cunoscut-o pe domnișoara de la recepție? Sau era în camera din spate, căindu-se de zor?

– Am avut plăcerea, da.

– Și nu-ți vine... Nu-ți vine să o mănânci? Ca pe o feliuță de pâine cu dulceață? Dacă aveam suflet, m-ar fi uns la el!

– N-o fi ea cel mai bun exemplu, dar sunt sigur că-s multe în țara asta. Exemple de oameni adevărați! Am să-ți demonstrez că acesta chiar este un popor plin de evlavie pe care îl definește credința și cinstirea Domnului.

Fix în acel moment recepționera dă buzna peste cei doi în cameră, fără să bată la ușă, îi privește nepăsătoare și le spune din vârful buzelor:

– Ne scuzați, tocmai am primit vestea că a intrat Jador în stațiune, deci a crescut nivelul fițelor, așa că s-a scumpit camera cu 150 de euro. Costă 650 de euro pe noapte de căciulă. Vreți să achitați cash sau cu cardul?

– Cinste și credință, Doamne, nu? chicotește Satana înghiontindu-l pe Dumnezeu, în timp ce se îneca de râs.

Scoate 200 de euro de sub prosop, îi spune domnișoarei să păstreze restul și o anunță că nu are nevoie de bon. Exact cum facem și noi atunci când mergem cu taxiul.

Dumnezeu plătește și el, dezamăgit de situație. Recepționera bagă banii în sân și iese.

– Nici un mulțumesc, nici măcar un mersi! Asta e pofta ce-o poftesc! Aș lua-o cu mine acasă să predea rele maniere!

– Am început să înțeleg de ce de câțiva ani românii îmi tot cer bani mai mulți și mai mulți. Trebuia să știu că nu devin mai avari, de fapt sunt jefuiți tot mai des.

– Da, chiar, Doamne! zâmbește malefic Satana. Ce se întâmplă cu rugile oamenilor cât Tu îți iei doza de mare, soare și fetițe goa...

– Totul e bine în Rai! îl întrerupe Dumnezeu. Sunt sigur că oamenii mei... Ăăă... sfinții mei se descurcă chiar de minune!

CAPITOLUL 11

Sfinții însă nu se descurcă de minune. De fapt, numai o minune i-ar fi ajutat să se descurce. Suflul aerului condiționat e singurul lucru care mai mișcă prin holurile etajelor din Rai, care ar fi trebuit să fie pline cu sfinți muncitori. Biroul lui Dumnezeu e aproape gol. Singurii încă la post, patrulaterul sfânt: Parascheva e instalată pe scaunul mare de piele din capul mesei, cu Gavril în stânga, Ilie în dreapta și Lazăr înconjurând continuu masa. Pe peretele din spatele lor, pe un ecran mare se afișează rugăciunile oamenilor, la fel ca statusurile de pe Facebook. Parascheva, iritată, semnează de zor niște documente.

– Normal... Pleacă șefu' puțin în vacanță și nu mai vine nimeni la birou... Lazăre, stai jos, că-mi umbli mie pe nervi!

Lazăr se așază dezamăgit pe un scaun.

– Cum adică să fie, Para, normal? Păi nu e asta prima vacanță a șefului din ultimii... toți anii? spune Ilie timid.

Parascheva se pregătea să răspundă când Gavril începe entuziasmat să vorbească. Ca de obicei, dă o veste.

– Apropo de venit la birou... V-am zis ce-a făcut Toma după ce-a plecat de la muncă marțea trecută?

Parascheva și Ilie, împreună, blochează tentativa lui Gavril de a monopoliza discuția:

– NU ne pasă, Gavrile!

– Serios, adevărul s-ar putea chiar să vă șocheze...

– Ai dat și tu o veste mare în toată viața ta și acum te crezi mare jurnalist. O să ajungi să stai în tufișuri, cu camera foto, ca paparazzi.

– Cel puțin eu mă documentez, nu ca leneșul de Mihail... Și Domnul îl iubește la fel de mult ca pe mine... L-a făcut arhanghel direct, fără nici un test... Are și ziua de naștere în aceeași zi cu a mea, parc-am fi gemeni... mai rămâne să ne îmbrace la fel, ca pe Lolek și Bolek...

Parascheva termină de semnat și ultima hârtie și spune autoritară:

– În fine, gata! Lazăre, ridică-te și umblă până la contabilitate cu hârtiile astea, te rog frumix.

Lazăr ia hârtiile și pleacă din birou.

– Singura veste pe care vreau să o aud de la tine e că Domnul i-a mutat ziua lui Mihail pe 25 decembrie. Să vadă și el cum e să fii eclipsat, zice Gavril.

– Gata! strigă Parascheva. Trebuie să-i ținem locul lui Doamne-Doamne și să facem treabă bună, poate ne dă și nouă niște tichete de vacanță. Și, normal, din evlavie și devoțiune! Hai să pornim rugăciunile!

Parascheva apucă telecomanda televizorului. Pe ecran încep să se succeadă milioane de rugăciuni, ca și cum ai scrola pe Facebook cu viteza unui avion care decolează.

– OK, am pus pauză, să ne ocupăm de astea și mai luăm. Avem aici... 16 milioane 253 de mii 14 rugăciuni. În ultimele șase ore. Serios acum, oamenii ăștia mai FAC ceva singuri sau doar îi cer șefului? Hai, în ordine. Prima zice că...

Pe ecran scrie „Mihai Popescu din Ploiești: Ferește-mă, Doamne, de prieteni, că de dușmani mă feresc eu!“ Parascheva se uită confuză către Ilie.

RAI
CORNEL POPESCU
ACUM 3 MINUTE
****-** DUMNEZEII **-***!!!
SATANA
IAD

– Ce fel de rugăciune e asta?

– Numai șefu' știe în câte proverbe e. Ai debifat categoria „zicale"?

– Nu...

Și Parascheva apăsă niște butoane de la telecomandă prin care debifează „Zicale, zicători, proverbe și vorbe de duh cu Dumnezeu". Pe ecran mai rămân două milioane de rugăciuni.

Pe ecran scrie „Maria Manole din Dej: Doamne, ia-mă, că toate mă dor iară!"

– E de la vreme, crede-mă! spune repede Ilie. Mă ocup eu de asta... Debifează categoria „Babe care se plâng, dar, de fapt, n-au nimic"! Și, dacă tot suntem la debifat, scoate de pe acum înjurăturile care îl pomenesc pe Domnul, că alea oricum se înregistrează la păcate, porunca a treia.

– Da, bună idee! spune Parascheva debifând cele două categorii. Hai să vedem câte-au rămas... 80 de mii de rugăciuni.

Pe ecran scrie „Ionuț Bogdănescu din București: Bunuțule, bagă cinci șeptari și nu-ți mai cer nimic după, să moară familia mea!"

– Aa, bombardierii! Fac rugăciunea asta o dată la două zile, spune Gavril. Dă-le *block*! Ionuț ăsta are patru copii acasă și unul pe drum, iar el tot șeptari cere.

Ușa de la camera de ședințe se deschide și își face apariția Iisus. Parascheva sare în picioare rușinată, stătea totuși pe locul șefului.

– Scuze, deranjez? întreabă el amuzat, în timp ce Parascheva se așază pe alt scaun de la masa lungă. L-ați văzut cumva pe Tata? Nu știu pe unde umblă.

– Cine, eu? se miră Lazăr venind din spatele lui Iisus și intrând în sala de ședințe.

MARKETING

– Nu, Lazăre, nu tu! Tu poți să stai jos.

– Dumnezeu e în vacanță pe Pământ.

– Fără mine...? se arată dezamăgit Iisus.

Gavril își drege glasul și, pe un ton mai timid decât l-a auzit oricare dintre ei vreodată, zice:

– Păi... ultima vacanță a dumneavoastră pe Pământ n-a mers prea bine...

– Da, chiar! spune Iisus recalcitrant. N-am apucat să vorbim despre cum i-ați lăsat să-mi facă chestiile alea. Bă, da unu' n-a zis ceva! Iisus respiră adânc și se calmează. În fine... Mă anunțați când se întoarce Tata.

– O să-ți dăm de veste! strigă Gavril în timp ce Iisus iese fără să închidă ușa după El.

– Învățătorule! Ușa! Se face curent! strigă Ilie.

Iisus bate din palme și ușa se închidă. Gavril, cu multă laudă în glas:

– Încă le are!

– Leit Ta-su! completează și Ilie.

Parascheva se ridică atentă de la birou și se așază din nou pe scaunul din capul mesei, de data asta cu ochii la ușă.

– Hai, înapoi la treabă! Parascheva trece la rugăciunea următoare și a citit. Avem aici: „Fută-te Dum..."

– Nu, nu, nu! strigă Ilie și Gavril peste ea. Vezi că n-a mers filtrul ăla cu înjurături. Lazăre! Ridică-te și umblă la server!

Lazăr se ridică și iese din nou din sala de ședințe. Gavril, obosit și puțin plictisit, zice:

– Bun... Țigară, careva?

CAPITOLUL 12

După ce s-au odihnit vreo două ore în minunata cameră de hotel, Dumnezeu și Satana se decid să mai experimenteze puțin viața pe care le au oferit-o oamenilor și merg la un restaurant să mănânce ceva. Ies din hotel, se bucură că văd din nou cerul și o iau la pas pe faleză, printre tarabe și turiști, forțându-i pe toți cei care treceau pe lângă ei să se ferească de furca pe care Satana o ține muncitorește pe umăr. Apoi fac un lucru despre care orice turist cu un minim de experiență știe că e prea periculos: intră în primul restaurant care le iese în cale. Terasa acestuia este goală, asta dacă nu ținem cont și de gândăceii care se fugăreau printre scaunele ieftine așezate haotic. Doi palmieri de plastic tronează ostentativ în stânga și-n dreapta intrării. Dumnezeu și Satana caută din priviri o masă de unde să poată vedea și marea. Opțiunile sunt puține, câteva mese încă nu erau curățate de farfurii și pahare rămase de la alți clienți, altele nu au scaune deloc, iar la o masă este doar un singur scaun. Spre aceasta se pornesc cei doi când în fața lor apare un chelner cu o față sictirită.

– Bună ziua, aveți rezervare? întreabă el.

– Nu, dar... nu e nimeni aici, răspunde Dumnezeu încrezător.

– Te-am întrebat dacă ai rezervare, nu dacă e cineva aici.

– Bine punctat, îl laudă Satana.

– OK, nu avem rezervare. Putem să facem una acum?

– Bine, fie, răspunde ospătarul. Câte persoane?

Dumnezeu și Satana se uită unul la celălalt dezorientați. Cel Rău preia inițiativa.

– OK, scoate calculatorul! Deci, sunt eu... și cu el... adună!

– Hai lasă că fac din cap. Deci două persoane, da?

– Mamă, ești genial! NASA știe de tine? întreabă Satana ironic.

Ospătarul îi ignoră comentariul răutăcios și îi conduce pe cei doi la masa cu un singur scaun.

– Ia zi, Doamne. Stăm pe rând sau mă ții în brațe? glumește Satana în timp ce Dumnezeu, neamuzat, trage unul dintre scaunele de la masa vecină.

– Lasă că ne descurcăm, zice Domnul.

– Ce noroc pe capul nostru că am găsit o masă liberă în restaurantul ăsta gol, nu, Doamne?

– Cu ce vă servesc? întreabă chelnerul, plictisit.

– Cu niște meniuri, de exemplu. Serviți meniuri aici? răspunde Satana.

– Mă luați la mișto?

– Fiule, intervine Dumnezeu, nu putem să știm ce vrem să comandăm dacă nu avem meniuri.

Chelnerul se uită la ei neimpresionat, merge până la masa alăturată, ia două meniuri de acolo și le trântește în fața oaspeților.

– Na, acum știți ce vreți să comandați? îi întreabă nevrotic.

– Da! Eu vreau o pizza Diavola, logic, și un shot de acid azotic, răspunde Satana.

– Păi nu avem așa ceva!

– Nu aveți pizza?

– Acid din ăla nu avem…

– Adu-i o cola. Și mie adu-mi un pește cu mămăliguță și un pahar din sângele Feciorului meu.

Chelnerul îl privește bulversat.

– Vin! Doamne, lasă metaforele! Vin vrea Domnul, îl ajută Satana pe ospătar.

– Aduc o singură furculiță? Că văd că domnul are deja, întreabă chelnerul privind furca lui Satana.

Băiatul nu-l lasă pe drac să răspundă, dar se vede clar că acestuia din urmă nu prea îi place remarca. În clipa în care se întoarce cu spatele și pleacă spre bucătărie, Diavolul bate din palme și pantalonii ospătarului cad instantaneu fix când acesta transmitea colegilor lui comanda clienților. Bucătarii încep să râdă în hohote, Diavolul zâmbește malefic, iar Dumnezeu dă dezaprobator din cap. Satana se lasă pe spate mulțumit, privind mulțimea de oameni care mișună pe faleză.

– Ia uite, Doamne, acolo! spune Satana privind către o tipă cu sâni mari care trecea pe lângă gărdulețul terasei.

– Da, pare o femeie bună.

– E bună-n draci, nu așa! Tu ai făcut chestiile alea două sau doctorul?

– Nici n-o recunosc pe femeia asta, răspunde Dumnezeu.

– Hai că m-ai făcut curios! Ia să vedem noi cum arăta înainte să îmbogățească primul chirurg.

Satana bate din palme și tipa se transformat dintr-o blondă subțire cu buze și sâni mari într-o tipă mai plinuță, șatenă și cu aspect băiețos.

– Îîîhhh… Mda, o știu pe Nicoleta. Și da, ai dreptate. Au făcut-o mai bine plasticienii, recunoaște Dumnezeu.

– Păi eu ce zic? Cum era vorba aia? Dumnezeu îți dă, dar nu-ți bagă silicoane? Dar remarca lui Satana nu-l atinge pe

Dumnezeu, care se uita către mare. Satana bate din nou din palme și Nicoleta redevine tunată.

– Deci așa, ce-i frumos și lui Dumnezeu îi place, nu? Te-ai dat cu banana, Doamne? întreabă Satana, privind și el spre mare.

– Ce? Cum vine asta?

– N-ai încercat banana?

– Termină cu prostiile astea, te rog! Îți amintești ce s-a întâmplat cu Sodoma și Gomora, nu?

– Hai să-ți explic: te urci pe banană, dar tre' să o apuci bine că e un pic udă. Te costă cam 50 de lei, dar e mai ieftin așa, că sunteți mai mulți. Și îi dați cu viteză acolo până când…

– Gata! Nu mai vreau să aud de orgiile tale diavolești. Hai să vorbim despre aerosoli.

O plictiseală subită se așezat pe fața lui Satana când aude propunerea colegului său. Se prelinge dezamăgit în scaun.

– Fix de ce aveam nevoie în vacanța asta. Mai spune-mi despre lucruri distractive, precum structura scoicilor, beneficiile nămolului de Techirghiol...

Dumnezeu îl ignoră, privind către plajă spre copiii lui. La un moment dat vede un domn cum trece pe lângă un șezlong și șutește o poșetă de pe el. Creatorul face o mișcare scurtă din mână, iar hoțului îi dispare geanta din mână, iar în locul ei apare o Biblie. Poșeta se materializează pe șezlong fără ca proprietara să realizeze că a pierdut-o pentru câteva momente, iar Dumnezeu zâmbește mulțumit. Satana observă chestia asta, dar până să apuce să spună ceva, revine chelnerul cu farfuriile lor. Le trântește în fața celor doi cu lehamite. În ele se afla cu totul altceva decât comandaseră.

– Nu te supăra, spune Dumnezeu, dar noi nu am cerut asta. Eu am vrut mămăligă cu pește, iar tu mi-ai adus cartofi prăjiți.

– Cartofi prăjiți cu pește, a completat chelnerul mândru.

– Dar nu e nici un pește aici, răspunde Dumnezeu revoltat.

– Nu e nici un pește, auzi... l-a imitat chelnerul, iar apoi apucă furculița de pe masă și începe să scotocească printre cartofi până când, de undeva de la fundul farfuriei, scoate o singură hamsie prăjită scrum. Nu e pește, ăă? a întărit el.

– Ți-a pus unul mic, Doamne, s-a gândit la silueta ta. Bine s-a gândit, că știi că a început să umble o vorbă despre tine „Dumnezeu e mare". Deci, ai dreptate, numai oameni grijulii pe-aci prin România...

– Gata? Ne-am convins că e pește? Hai că mai am de servit și la alte mese, spune chelnerul spre stupoarea Celui de Sus care observă încă o dată că restaurantul e gol.

– E totul perfect, zice Satana. Mulțumim frumos!

Chelnerul se întoarce, își aprinde o țigară și pleacă de la masa celor doi. Satana ia o felie de pizza și sub ea observă niște puncte negre care încep să miște – erau niște gândaci care se plimbau prin farfurie.

– Aoleu, ce mă speriasem, am crezut că mi-au pus măsline. Ia uite, Doamne, ca la mama acasă! Îți păstrez și Ție o felie?

– Gata! Plecăm de aici, tună Dumnezeu în timp ce se ridica în picioare.

Satana se ridică și el, însă chelnerul se întoarce instant atunci când îi vede.

– Alo! Ce facem aici? Plecăm așa fără să plătim sau cum? Aveți tupeu, nu glumă! La greci nu faceți din astea când mergeți în concediu, le spune el arogant.

– N-avem circumscripție acolo. E domeniul ălora de pe muntele Olimp, zice amuzat Necuratul.

– Ne-am revoltat, domnule! După ce că nu ni s-a adus comanda pe care am făcut-o, am găsit și gândaci în mâncare. Este inadmisibil așa ceva, spune Dumnezeu încruntat.

– Haide, bre, că e vară afară, gândaci sunt peste tot acum, nu avem ce să facem. Cât putea să mănânce și gândacul ăla, băi frate, dar hapsâni sunteți... Îi bagă și producătorii acum direct în făină, cum să verificăm? Dar să știți că în Thailanda gândacul e delicatesă, le zice chelnerul.

– Hai, Doamne, să-i plătim, că ne-a dat delicatesă thailandeză omul. Fac eu cinste. Cât costă?

– 250 de lei, le răspunde chelnerul.

– OK, plătește Domnul în alb, se sustrage Satana la auzul prețului exorbitant.

– Pentru niște cartofi, o pizza și două băuturi?! întreabă Dumnezeu.

– Pentru niște cartofi, o pizza și două băuturi... ÎN MAMAIA! răspunde chelnerul în timp ce ia banii din mâna lui Dumnezeu, care i-a oferit cu durere în suflet. Acesta s-a apucat să-i numere. Ce chitre, băi frate, concluzionează el. După ce că v-am servit ca la stele Michelin...

– Mda, stele căzătoare Michelin, mai degrabă, bombăne Satana și îi mai întinde 100 de lei de la el.

– Hai că-i bine așa. Se putea și mai bine, dar las de la mine, că-s băiat bun. Sănătate!

– Dacă mâncam ce ne-ai adus, am fi avut nevoie, răspunde Satana ridicându-se.

Dumnezeu face și el același lucru, iar cei doi pleacă. Ospătarul îi privește disprețuitor până când aceștia ies de pe terasă.

– I-ai dat atât de ușor bacșișul ăla după tot ce a făcut, îl apostrofează Dumnezeu pe Satana. I-ai spus, practic, că face bine ce face și să continue tot așa.

– Păi, să continue! Am un birt în Iad la care mereu caut personal calificat. Și stai liniștit că banii erau falși, adaugă el.

– Cum? Ți-ai bătut joc de oameni? Le ai dat bani falși?

– Da, de parcă mâncarea aia era adevărată. Hai că te duc eu într-un loc sfânt mai bine, că m-am plictisit să stau numai cu tine la masă.

– Da, vreau să merg într-un loc sfânt. Ne mai curățim de păcate după ziua asta plină, îi răspunde Dumnezeu naiv, fără ca măcar să bănuiască ce urmează să se întâmple.

CAPITOLUL 13

Ziua celor doi nu era chiar ideală, cu hotelul parcă desprins dintr-un film de groază, restaurantul de coșmar și faleza plină de vânzători ambulanți și de oameni care se împingeau în ei de parcă n-ar fi fost acolo. Acum, când soarele deja trăgea la somn, Satana îi promite lui Dumnezeu că-l duce într-un loc sfânt pentru a se mai relaxa puțin, dar acesta nu seamănă nicidecum cu ceea ce își imagina Domnul. Cei doi stau în fața unui club de fițe din Mamaia. Din rațiuni judiciare, nu o să vă spun exact despre ce club e vorba, dar hai doar să zicem că numele lui rimează cu „moft".

– Parcă ziceai că mergem într-un loc sfânt, zice Dumnezeu vădit nemulțumit.

– Păi e un loc sfânt pentru mine, îi răspunde roșiaticul, făcându-și loc printre oamenii de la coadă. Așa cum ai tu Casa Domnului, asta-i Casa Domnului Satana.

Când ajung la intrare, un bodyguard imens îi întâmpină cu o privire deloc prietenoasă. Are brațele încrucișate și la fel de groase precum un pepene de Dăbuleni.

– Alo, gașca Zurli! Palatul copiilor e în partea cealaltă a stațiunii, le spune.

– Și grădina zoologică tot în partea aia e și iată-te aici, totuși, răspunde Dracul.

– Hai, valea, că speriați clienții! le zice el împingându-i.

– Aoleu, domnul ăsta e mai rău decât Petru al meu, concluzionează Dumnezeu.

Satana îl trage deoparte pe bodyguard și îi șoptește ceva la ureche. Gesticulează arătându-i malacului niște dimensiuni pe care le tot mărea până când vede sclipirea din ochii lui. Îi promite ceea ce orice bărbat vrea să aibă și ceea ce orice femeie nu recunoaște că vrea să primească. Din păcate, nu putem pronunța în cartea asta fiindcă ar fi un sacrilegiu și, oricum, mai avem multe lucruri necurate de povestit. Ideea e că îi făgăduiește că-i mărește ceva pentru a fi mai fericit, și nu vorbim despre salariu. Astfel, cei doi sunt poftiți în club. Acolo muzica e asurzitoare, oamenii se distrează, femeile dansează, bărbații sunt majoritatea îmbrăcați în alb, cu ochelari de soare la ochi, iar chelnerii împing roabe de șampanie cu artificii înfipte în gheață.

– Vai, miros de sulf, alcool, transpirație și disperare! Mi-a trecut dorul de casă, spune Satana ștergându-și o lacrimă imaginară.

– Ce-i cu zgomotele astea? întreabă Dumnezeu. Nu mai aud gândurile nimănui.

– Aici păcatul cu gândul e cel mai mic, Doamne, îi răspunde Satana simțind muzica și uitându-se pofticios în jur.

– Dar se pare că au câștigat ceva bani oamenii ăștia de aici, de-și permit băuturi atât de scumpe, observă Dumnezeu privind mesele îmbelșugate, cu alcooluri fine.

– Oi fi tu atotștiutor, dar la partea asta ești exact ca Jon Snow, Doamne.

– Adică?

– Adică nu știi nimic. Stai să-ți zic: îl vezi pe băiatul ăla înconjurat de femei de la masa din față? Taică-său îi dă bani de treizeci și cinci de ani, îi zice Satana stârnind mirarea Domnului.

– I-auzi…

– Tipa fițoasă de la masa de lângă, continuă el, să zicem că face ceva ce implică o cameră de filmat și nu e vlog…

– Păi e păcat, zice Dumnezeu uluit.

– Păcat, da. Vlog, nu. Uite, fetișcana aia cu aer superior de lângă fosila aia de 74 de ani care e cu un picior la mine practic face același lucru ca și cealaltă fată, doar că nu implică o cameră de filmat și e mai aproape de consumator. Hai să spunem că ea e aici și la distracție, și la muncă.

– Unde m-ai adus, drace? Atâta desfrânare n-am mai văzut! spune Dumnezeu șocat.

– Și acolo, zice Satana arătând cu degetul undeva mai în spate, e masa *influencerilor*. Alcoolul ăla e singurul lucru care a intrat în stomacul lor de o săptămână și ceva.

Nici bine nu termină propoziția că lângă ei își face apariția un ospătar galant.

– Bună seara, domnilor! Aveți masă? întreabă el respectuos.

În clipa aia Satana își scoate din buzunar telefonul și îi arată chelnerului profilul său de Instagram, unde are 500 de milioane de *followeri*.

Ospătarul se luminează la față dintr-odată și le oferă celor doi cea mai fițoasă masă din club. Dumnezeu și Satana sunt purtați de bodyguarzi până la canapea, li se fac dedicații la microfon și toată lumea îi privește cu admirație. Dumnezeu îi cere telefonul lui Satana, fiind curios ce șiretlic a mai făcut de data asta.

– Ce sunt acești… *followeri*? întreabă nedumerit.

– Ții minte cum avea Fi-tu 12 urmăritori de le plăcea tot ceea ce zicea sau făcea el? Ei bine, e cam la fel, doar că eu am 500 de milioane. Și asta sunt doar ăia vii!

– Păi și te ajută la ceva milioanele astea de apostoli?

– Eee, să mănânci gratis, să bei gratis și să trăiești cu bani de la părinți. În principiu, cam asta e. Uite, pentru masa asta să le zici mersi *followerilor*.

– Cu ce vă servesc de băut, stimabililor? intervine ospătarul care se luptase să avanseze prin mulțime până la masa lor.

– Tot ce-i peste 50 de grade, că eu am o sensibilitate la frig, răspunde Satana. Și 50 de shoturi de absint.

– Păi stai... mai vine cineva cu noi de-ai comandat atât?

– Doamne, avem masă de fițe. Știi cum se adună femeile „independente" de aici când văd asta? Ele sunt molii, noi am aprins becul.

– Orice pentru dumneavoastră, le spune chelnerul și se afundă la loc în mulțime, să le aducă băutura.

Dumnezeu se uită timorat în jur și nu înțelege ce se întâmplă acolo. Satana își aprinde un trabuc și începe să danseze haotic, femeile se adună în jurul lui, iar acesta ia de pe masă niște șervețele și le aruncă în aer. Femeile chiuie, chelnerul aduce băuturile, toată lumea se servește și Iadul se dezlănțuie. Doi băieți vin la Dumnezeu și îi oferă țigări, dar acesta îi refuză politicos. Diavolul cumpără pachete de țigări la promoție și pe numele său, și pe al Domnului, cum face orice fumător iscusit care știe să profite de ocazie atunci când are prieteni nefumători. Apar chiar și niște băieți cu niște pastile la Dumnezeu, dar acesta refuză, spunând că nu îl doare capul. Satana se simte exact în elementul lui și le încurajează pe fete să danseze pe furca sa exact ca pe o bară de striptease. Zâmbetele largi, țipetele de bucurie și privirile pofticioase întregesc un peisaj păcătos pe care Dumnezeu nu reușește să-l înțeleagă pe deplin.

La un moment dat, sătul de atâta bubuială, se ridică în picioare, pocnește din degete și dintr-odată se face liniște

totală în club. După cinci secunde se aude la boxe o melodie veche de-a lui Dan Spătaru și Bunuțul începe să danseze exact ca un bătrân ramolit, depășit total de ceea ce place tinerilor. Toți ceilalți se uită ciudat la el, în frunte cu Satana, iar o bătrânică de la o masă de mai încolo se ridică și dansează și ea. Părea că pentru genul ăsta de situație a fost inventat cuvântul *cringe*. Satana își dă ochii peste cap și resetează atmosfera așa cum era înainte, cu o bătaie din palme. Oamenii își reiau activitățile ca și cum nimic nu s-ar fi întâmplat, iar Satana o ia pe una dintre domnișoarele de lângă el și pleacă alături de ea la baie. Dumnezeu țipă după el exact ca un tată, dar cuvintele lui nu ajung la destinație din cauza muzicii tari și a poftei de păcat a lui Satana. Avea să fie o noapte lungă pe care probabil Dumnezeu urma să o regrete până la sfârșitul veacurilor.

CAPITOLUL 14

După câteva ore de chin, din punctul de vedere al Domnului, și de distracție maximă, în viziunea lui Satana, clubul se mai golește și oamenii par să se fi mai potolit, totuși. Cei doi stau pe canapea, Dumnezeu cu mâinile pe genunchi, spatele drept și privirea ațintită în față, pierdută, de parcă retrăiește patru războaie simultan, iar Satana e răvășit și o ține de mână pe noua lui iubită, fata cu care fusese la toaletă.

– Oamenii au tot inovat în domeniul păcatului. Am impresia că trebuie să mai adaug vreo cinci porunci pentru ce s-a întâmplat în noaptea asta aici, spune Domnul.

– Ooo, cinci motive noi ca oamenii să ajungă în Iad? Îmi place! Dar ia zi, n-ai pus ochii pe nici una dintre roabele tale de pe-aici, Doamne? Și nu mă refer la roabele de șampanie, zice Satana chicotind.

– Eu mă uit la sufletul oamenilor, nu la înfățișare, îi răspunde Creatorul tranșant.

– Eu mă uit mai mult la ambalajul sufletului, îmi plac ambalajele subțiri, cu țâțe mari și curul fain, zice Satana arătând spre noua lui cucerire.

– Vai, ce frumooos, Săti! îl alintă fata și se prinde cu brațele de gâtul lui Satana, plantându-i un sărut pe obraz.

Un sunet ciudat se aude tot mai tare din afara clubului. Este elicea unui elicopter care tocmai aterizează pe locul special din parcarea clubului. Din elicopter coboară un puștan de vreo cincisprezece ani, înconjurat de bodyguarzi care mai de care mai fioroși. Genul ăla de malaci care îți lasă vânătăi și numai dacă se încruntă la tine. Genul de malaci care nu au pumni, au două tiruri la viteze de autostradă. Genul ăla de malaci care plătesc două bilete de avion ca să le încapă umerii. Puștanul intră în club și vine glonț la masa celor doi. Ospătarul tocmai le lăsase pe masă încă zece shoturi de absint, pentru că rezolvarea lui Satana la orice urmă de mahmureală era „cui pe cui se scoate". Puștanul îl oprește pe ospătar și strigă arogant:

– Ce fac sărăciile astea la masa mea?

– Domnule Răducu... Știam că sunteți la cabană în Brașov... Deci am crezut că nu mai veniți...

– Păi nu de-aia am elicopter, mă? Să pot să mă duc unde vreau, când vreau? Apoi se întoarce spre Satana și spre Dumnezeu: Băi grupul laba, ia dați-i drumul de-aici, că asta-i masa mea!

– Copile, iartă-ne! preia Dumnezeu cuvântul. Suntem obosiți, de departe am venit, drumul a fost greu... Poți să stai la altă masă, te rugăm? Și răsplata ta pentru faptele bune va fi în ceruri.

– Din ceruri am venit eu cu elicopterul, băi cearceaf cu ochi, răspunde tânărul zelos. În clipa aceea o observă pe noua cucerire a lui Satana. Aia-i Emily? Ce faci cu ratații ăștia, mami? întreabă el.

– Face meditații, ce să facă? La oral, răspunde Satana obraznic și Răducu se înroșește tot la față, ca un gogoșar murat numai bun de consumat lângă o ceafă de porc.

– Răducule! se tânguie Emily. Știi că tu vei fi mereu primul pentru mine...

– Ce face? Primul? Satana izbucnește în râs în timp ce Dumnezeu face ochii mici și suspicioși. Tu ai centura neagră și ăsta crede că joci la juniori!

– Of, Săti! Nu fi și tu rău cu el! Apoi către Răducu: Sunt îndrăgostită de el, nu pot să mă abțin, are ceva... altfel.

– Da, am ceva mai mare decât al tău, și nu vorbesc de contul bancar... spune Satana zâmbind cu subînțeles în timp ce Dumnezeu încearcă să intervină.

– Totuși, să ne calmăm și să vorbim ca niște oameni civilizați, cu frică de...

– Cu frică de mine ar trebui să fiți amândoi, bă! îl întrerupe Răducu.

Satana dă să spună ceva.

– Chicago Bulls, tu ține-ți gura! Tu, pisi, spune-mi dacă e adevărat! I-ai lăsat pe ăștia de miros a autobuz să pună mâna pe tine?

– Mâna! Satana râde din nou. El își face griji că am pus mâna. Bă, ce-am făcut noi nici nu are categorie pe site-urile alea pe care intri tu când pleacă ai tăi de acasă, înțelegi?

– Băăă! Mi-ai luat și masa, și gagica? întreabă copilul furios și se uită în spate, să se asigure că matahalele lui de bodyguarzi sunt încă pe fază.

– Masa... Gagica... Și o să-ți iau și sufletul, răspunde Satana malefic.

– Emily, i-ai lăsat pe ăștia să te...

– Pe ăsta, nu pe ăștia, îl corectează Satana, că Domnul nu a vrut.

– L-ai lăsat pe ăsta să-ți facă... lucruri? întreabă tânărul.

– Să-ți fac lucruri, auzi la el. De parcă EU ți-am făcut ție lucruri. Bă, tu-ți dai seama că EU am învățat niște chestii noi de la ea?

– Despre ce? întreabă Dumnezeu, confuz.

– Sex, răspunde scurt Satana.

– Necăsătorită? întreabă șocat Dumnezeu.

– Băieți, rupeți-le capul! le ordonă copilul bodyguarzilor.

Malacii nu stau pe gânduri și sar direct pe Dumnezeu și pe Satana. Unul apucă un scaun și îl sparge pe spinarea cuiva. În capul celui de-al doilea se sparge o sticlă de șampanie care valorează cât salariul pe șase luni al unei învățătoare. Pumni și picioare zboară mai ceva ca la promoțiile la tigăi. Chelnerii care încearcă să intervină descoperă că facerea de bine e f... foarte periculoasă, iar strigătele și urletele acoperă muzica de care oricum nu se mai ocupă nimeni. Pupitrul DJ-ului zace abandonat și undeva, într-un colț de bar, DJ-ul s-a alăturat violențelor lovindu-l pe tipul care ceruse toată noaptea să pună una de jale. Bodyguarzii lui Răducu lovesc în stânga și în dreapta, cu talentul și energia unor oameni care nu sunt la prima bătaie într-un club, în timp ce totuși încearcă să-și protejeze șeful care la rândul lui se străduiește să ajungă la Emily, care, când a început agitația, s-a ascuns după una dintre canapelele lucioase de piele.

Însă Dumnezeu și Satana, cei care ar fi trebuit să fie principalii protagoniști ai bătăii generale, se uită la ei, mai intacți decât trustul lui Voiculescu, de la câțiva metri depărtare, aceștia teleportându-se la începutul haosului.

– Popor care luptă, ziceai, nu? Cum le nimerești tu, Doamne, incredibil, rostește Satana.

– Important e să îi vină mintea la cap acestui copil, îi răspunde Dumnezeu. Mi-e milă de el.

– Păi de ce n-ai zis așa? Hai să-l ajutăm un pic...

Satana bate din palme, agitația se calmează brusc și oamenii își văd de petrecere. Toate hainele de firmă în care este îmbrăcat Răducu se schimbă într-o ținută foarte simplă și ieftină. Acesta e șocat de ceea ce i se întâmplă și începe să privească panicat în jur, căutându-și malacii care parcă au intrat în pământ. Imediat, lângă el apare chelnerul împreună cu doi bodyguarzi.

– Îmi cer scuze, trebuie să părăsiți clubul, spune ospătarul.

– Ce, mă? Eu? Să plec?? răspunde el surprins.

– Nu respectați *dresscode*-ul. Aveți o ținută neadecvată.

– Poftim? Păi aveam... unde-a dispărut, mă, firma? spune el uitându-se disperat la tricoul de 15 lei și blugii rupți. Și nu rupți în stilul „așa e moda“, rupți-rupți. Cum să mă scoți afară, bă, cioflingarule, păi tu știi cine-i tata?

– Vezi, Doamne? Iisus n-a jucat cartea asta, intervine Satana.

– Păi judecând după hainele dumneavoastră, nimeni. Fane, zice către bodyguard, însoțește-l pe domnul afară.

Acesta îl ia pe Răducu și îl poftește în afara clubului, mai mult cu forța decât de bunăvoie.

– Hai că m-am convins de casa ta de pe Pământ, zice Dumnezeu. Gata, plecăm la hotel.

– Hai, frate, o noapte ieșim și noi într-o eternitate și plecăm așa repede? Două beri, boss. Te rog! Două beri mai beau și mergem! Jur pe roș... eața mea! Să mă trăsnești dacă te mint!

– Bine, hai, răspunde Dumnezeu dorindu-și să-i facă lui Satana pe plac. Dar numai două, da? se asigură El.

– Am mințit eu vreodată? îi răspunde Satana zâmbind.

Zorii zilei parcă îl iau prin surprindere pe Dumnezeu și parcă nu-i vine să creadă că în continuare se află în club. Aproape că îl cară în cârcă pe Satana în timp ce trece pe lângă bar.

– Două beri, boss! Te rog! Două beri mai beau și mergem... Și mergem să mai luăm cincisprezece, se roagă Diavolul cu vocea amorțită.

– În noaptea asta m-ai mințit că mai bei două beri. Asta se întâmpla acum vreo... 98 de beri.

– Exact, mai lasă-mă două, să facem cifră rotundă!

– Sigur nu vrei să fac o minune, să-ți treacă starea asta?

– Păi cum să bei alcool fără să te juri că nu mai bei și apoi să bei iar a doua zi? Cum să-mi iei mahmureala? Am plătit pentru ea.

– Măcar să fac o minune să ne teleportăm la hotel.

– Aoleu, nu! Că am stomacul în piuneze și nu vreau să-ți stric frumusețile astea de haine albe.

Satana tot încearcă să-l pupe pe Drumnezeu.

– Ți-am spus vreodată că ești un om extraordinar? întreabă el.

– Taci, drace, că ești beat!

– La beție se spun adevărurile, fratele meu. Alcoolul e adevăratul ser al adevărului. Păi, tu știi de păcate că stai cu ochii pe oameni. Eu, când vin în Iad, le dau 50 de vodcă și-mi povestesc toată viața lor. Dar asta nu contează! Ce contează e că te iubesc, îi zice în timp ce îl pupă iar. Dacă nu erai tu, eu nu eram cine sunt acum, să mor eu!

– Fără mine nu erai deloc. Și drac mort n-am văzut.

– Dar drac beat mort? Auzi... Vrei să te muți cu mine? întreabă Satana în beția sa. Ca tovarășii...

O voce groasă cu un ton disperat s-a auzit din spatele lor. Dumnezeu și Satana se întorc brusc, lucru care pentru Satana nu e chiar așa de plăcut. Bodyguardul de la intrarea în club îi ajunge din urmă pe faleză.

– Băi, jepcarule! Ce mi-ai făcut, bă, de nu mai merge?

– Ce nu mai merge? întreabă Dumnezeu.

– Ee, știe el... Mi-a mărit aia... știi tu ce. Dar am prins și eu o bunăciune în seara asta și nu s-a ridicat deloc, completează el.

– Aa, o voiai funcțională, răspunde Satana printre sughițuri. Ce fac detaliile astea, Doamne, poți să iei țeapă oricând... Lasă, bre, că ai zece degete, te descurci tu, spune Diavolul și dă să plece.

– Bă, tu vrei să nu mă mai placă nici o femeie? întreabă bodyguardul disperat, îndreptându-se violent spre ei.

Satana bate din palme cu ultimele puteri și îl transformă pe musculos într-o pisică adorabilă, un British pufos.

– Na, acum o să te placă toate femeile! Prevăd mia de *like*-uri pe Instagram, concluzionează Dracul. Hai să mergem, Doamne, că mâine venim iar. Ș-altă dată, ș-altă dată...

– Venim pe moaș-ta pe gheață, acolo venim, i-o taie Dumnezeu. Ș-altă dată nu mai vin cu tine la nici un club! În secunda asta mergem la hotel și mâine plecăm de-aici. De ajuns cu sodomia asta, spune Dumnezeu nervos.

– Chiar, Doamne, mereu m-am întrebat. Există și gomorie?

Dumnezeu nu-l bagă în seamă. Îl prinde mai bine pe Satana care deja începuse să alunece pe faleză și o iau ușor-ușor spre hotel, unul dezamăgit, celălalt fericit, dar amândoi obosiți, făcându-și loc printre oamenii ieșiți să prindă soarele de dimineață pe plajă.

CAPITOLUL 15

Holul hotelului este cutremurat de niște zgomote puternice și ciudate care vin din baia de la etajul șapte. Dumnezeu stă sprijinit de chiuvetă și îl privește dezamăgit pe Satana, care avea capul pe jumătate băgat în veceu.

– De câte ori ți-am spus că licorile amețitoare au adus numai suferințe?

– Bine că lui Fi-tu nu i-ai zis nimic atunci când a îmbătat o nuntă întreagă cu apă, răspunde Diavolul printre sughițuri. Hai, ține-mă de coarne!

– Ce să fac? întreabă Dumnezeu, uluit.

– Ține-mă ca să nu-mi rămână iarăși coarnele în veceu... Vrei să pățesc din nou ca la ultimul summit între Rai și Iad, când m-am blocat cu capul în toaletă și a trebuit să-l chemi pe Moise să despartă apele ca să nu mă înec?

Dumnezeu se lasă până la urmă înduplecat, amintindu-și cu silă de pățania la care se referea Satana. Domnul se așază lângă prietenul său de conjunctură și îl apucă de coarne, privind către veceu.

– Păi dacă te uiți la mine, nu îmi vine, îi atrage atenția Satana.

– Vai de mine, acum ai și pretenții...

– Serios, o să stăm aici până se împacă islamicii cu creștinii dacă nu te uiți altundeva!

Dumnezeu își schimbă poziția și se așază în spatele Dracului, iar de acolo se chinuie să-l apuce de coarne. Ușa de la baie se deschide ușor, fără ca vreunul dintre cei doi să observe. Femeia de serviciu a hotelului, pitică și cu părul scurt vopsit într-o nuanță nenaturală de mov, se uită în baie la imaginea celor doi deasupra veceului.

– Mai tare! Mai tare! țipă Satana.

– Stai mai aplecat că nu ajung, îi răspunde Dumnezeu sub privirile siderate ale doamnei de la mentenanță, care face ochii mari și îi privește stânjenită pe cei doi.

Când Satana dă capul prea în față și coarnele aproape că îi trec de marginea vasului, Dumnezeu strigă:

– Dacă nu stai locului, îți intră!

Iar femeia de serviciu scapă o exclamație.

– O, Doamne, Dumnezeule!

Dumnezeu și Satana se întorc spre ea, dar nici unul nu spune nimic, căutând cuvintele prin care să explice poziția nefirească în care se află.

– Ptiu, bată-vă să vă bată, spune ea șocată. Bărbat cu bărbat... Vă vede Dumnezeu, măi, mamă, măi! continuă ea și apoi pleacă scârbită.

Asta a fost picătura care a umplut paharul pentru Dumnezeu. Îl trage pe Satana afară din toaletă, îl pune să-și facă bagajele și în câteva minute părăsesc hotelul. Înainte să plece însă, Dumnezeu o surprinde pe recepționeră cum vorbea sictirită cu o familie care încearcă să se cazeze.

– Nu e problema mea că pe *booking* scria că aveți baie proprie și nici că prețul de acolo era mai mic.

– Domnișoară, venim tocmai de la Oradea, am făcut paisprezece ore cu mașina, încearcă să o îmbuneze tatăl celor doi copii care privesc panicați cearta.

– Puteați să veniți și din Austria, ce mă interesează pe mine? răspunde ea cu un ton rece.

Dumnezeu, profitând de neatenția lui Satana, face un mic gest cu mâna în direcția doamnei de la recepție. Dintr-odată, un zâmbet larg se așterne pe chipul ei, luminându-i privirea.

– Haideți că o să vă cazez chiar acum, oaspeți dragi, și pentru a mă revanșa pentru orice inconvenient, o noapte de cazare este din partea noastră, spune ea binevoitoare, făcându-i pe oaspeți să se simtă ca pe litoralul bulgăresc.

Domnul zâmbește aprobator, continuându-și drumul. Satana observă giumbușlucul, dar se preface că nu a văzut nimic, lăsându-l pe Tatăl să se bucure de această falsă victorie.

Peste nici jumătate de oră, își târăsc deja catrafusele spre gara din Constanța.

– Hai că Sodoma am văzut-o, spune Satana șugubăț. Mă duci și la Gomora acum?

– Stai liniștit, drace, îi răspunde Domnul împăciuitor. Neregulile și păcatele de aici sunt ceva izolat. O să mergem într-un loc liniștit, cu oameni calzi...

– La spital?

– Oameni calzi sufletește, nu cu temperatură, se corectează Atotștiutorul. Mergem la munte. Și luăm trenul ca să ne bucurăm de peisajele acestei țări minunate, pe care eu însumi le-am ales când am creat Pământul, spune El mândru.

Ies pe peronul gării, după două ore de stat la coadă pentru bilete, alături de alți oameni obosiți și nervoși.

– Hai că a mers repede, numai două ore, spune Satana jubilând. Îți vine să crezi, ce noroc? Să fie DOUĂ ghișee deschise din douășpe?

– Da, nu înțeleg de ce se mișca atât de încet doamna care ne-a vândut biletele. Oboseala, stresul...

– Lipsa de chef, nepăsarea... Și dacă ți se pare că la CFR se mișcă încet angajații, n-ai văzut trenurile. O vreme m-am gândit să bag în Iad o tortură în care doar mergi cu trenul CFR, dar m-am convins că era totuși prea malefic chiar și pentru mine.

– Hai că trenul ar trebui să ajungă cam în douăzeci de minute și...

Boxele din gară, probabil mai noi cu doar câteva luni decât primele boxe inventate de oameni, cârâie și o voce nazală de femeie începe un anunț.

– „Stimați călători! Trenul interregio cu numărul 7555 care pleacă în direcția Predeal are întârziere de 180 de minute. Vă mulțumim pentru înțelegere."

– Nu vrei să pornim pe jos și așteptăm noi trenul la Predeal? întreabă Satana zâmbind pe sub mustăți.

– Ei, e doar o mică eroare de calcul, dar ai să vezi ce frumos va...

– Nenea! îl întrerupe un cerșetor. Dă-mi și mie un leu să iau mâncare la copii, să-ți dea Dumnezeu sănătate!

Dumnezeu, înduioșat, pocnește din degete și dintr-odată apare o pungă cu alimente lângă omul sărman.

– Ia-le, suflet oropsit, și hrănește-ți familia, îi spune Tatăl.

– Dar totuși... răspunde acesta neimpresionat, un leu nu aveți?

– Ia-le pe astea și dă-le la schimb pentru băutură, nu te mai chinui cu leul, intervine Satana.

– Drace! îl atenționează Dumnezeu. Nu mai judeca oamenii amărâți! A fi cerșetor nu înseamnă a-ți îneca necazurile în alcool. Mulți oameni amărâți cer de pomană ca să pună ceva pe masa familiilor lor. Așa e, suflet frumos? Îl întreabă pe cerșetor, întorcându-se din nou cu fața spre el.

Acesta, însă, fugea spre ieșire cu valizele lor în mâini, lăsând punga cu mâncare în urmă.

– Ai dreptate, Doamne, ăsta era diferit, spune Satana ironic. Greșeala mea!

– Oare ce-o face cu două valize pline cu cearceafuri albe, sandale și periuțe de dinți? întreabă Domnul.

– Și prosoapele pe care le-am furat eu de la hotel, mie de alea îmi pare rău, îți zic sincer, completează Dracul.

– Nu te poți stăpâni deloc, spune Dumnezeu dezamăgit, întorcându-și privirea spre zare. Dar nu voi lăsa lucrurile astea să-mi strice ziua, trebuie să gândim pozitiv până la urmă. Orice om greșește, dar e de datoria Mea să iert, așa că voi trece cu vederea ce ai făcut, spune Tatăl mândru de el, întorcându-se cu privirea spre Satana. Acesta se sărută frenetic cu Emily, fata din clubul în care au petrecut cu o seară înainte. Ce faci, drace? întreabă El siderat.

– Aștept trenul, îi răspunde acesta oprindu-se din sărut.

– Mă refer la ce faci cu fata asta.

– Aaa... o chestie de pe Pământ, îi zice sărut, cică. E mișto, vrei și tu?

– Nu-mi place de el, am săruturi doar pentru tine! se miorlăie Emily.

– Irezistibil! Asta au uitat în Cartea Sfântă! Necuratul, maleficul, înșelătorul. Mi-au zis în toate felurile, au uitat Irezistibilul.

– Stai! Cum adică înșelătorul? se întoarce încruntată spre el Emily.

– Că înșelam oamenii de bani, atât. Manevre, afaceri, alea-alea. Nu e ce crezi tu, îngeraș!

– Fata asta are bărbat acasă, roșcovane!

– Ei, da, numai bărbat nu e ăla. E copilaș de bani gata. Cum să te cheme Răducu, serios acum!? Și uite, i-am dat fetei un SMS că plec, în zece minute a fost fata aici, să-și ia rămas-bun.

– Te-ai gândit măcar o clipă că o să-i rănești sentimentele omului? îl trage Dumnezeu la răspundere.

– Aaa, adică ce fac eu de obicei? Scrie asta în toată Biblia, Doamne, ar trebui s-o citești și tu cândva. E mai tare decât *Game of Thrones*.

– Hai, salut-o de rămas-bun pe domnișoară și să ne vedem de treabă!

– Bossane, nu fi nașpa! Rămâne cu noi fata, până vine trenul. O să fie *fun*, ai să vezi, o să ne mega distrăm toți trei, îi spune Satana entuziasmat.

Fata zâmbește fără să scoată un cuvânt, însă. Fie vorba între noi, vorbitul nu e punctul ei forte oricum.

Satana o sărută pe fată cu foc, o pipăie în văzul tuturor, iar oamenii din jurul lor sunt de-a dreptul dezgustați de ceea ce văd. Și văd destule, pentru că fata chicotește și atrage privirile tuturor. Dumnezeu îi ignoră, nemaiavând energie pentru încă o ceartă și se așază pe un scaun din gară pe care doar rugina îl mai ține laolaltă.

– Hai că în două ore jumate ajunge, nu-i chiar așa mult, constată Dumnezeu uitându-se spre panou.

Trenul ajunge peste patru ore. Cu fiecare anunț că trenul va întârzia jumătate de oră, Dumnezeu se topește tot mai mult în scaun și iubăreții care-l însoțesc sunt tot mai aprinși. Toate mamele de pe peron le feresc ochii copiilor și îi trag mai departe de scenele de... să-i zicem afecțiune. Când trenul ajunge într-un final la peron, Dumnezeu se ridică în picioare și îi face semn lui Satana să îl urmeze. Acesta se dezlipește de noua lui cucerire, mimând o dragoste nemărginită pentru fată.

– Promiți, da? spune ea. Mă suni cât de des poți, cum am stabilit. Îmi scrii, îmi trimiți *selfie*-uri, poate și niște poze de-alea în care ți se vede...

– În primul rând... o întrerupe Dumnezeu. Nu mai trimiteți poze în care vi se văd alte lucruri decât fața. În al doilea rând, n-aș miza pe promisiunea lui, îi răspunde Dumnezeu acid. Hai, drace, că nu vreau să-l pierdem!

– Abia aștept să petrecem cât mai mult timp împreună, zice domnișoara ignorându-l pe Cel de Sus.

– Da, la fel și eu. Este de-a dreptul incredibil cât de mult vreau să mă întorc la tine imediat ce mă lasă ăsta, dar slabe șanse să mă lase, răspunde Dracul, asigurându-și o scuză ca să scape de ea. Ce rău îmi pare că acum nu se mai poate, știi că eu aș...

Din capătul celălalt al peronului se aude o voce furioasă, care îi taie lui Satana replica.

– Aici erai, fă?

Cei trei se întorc și văd mulțimea de pe peron cum se trage speriată din fața unui grup de oameni care aleargă spre ei. Este Răducu însoțit de o bandă de interlopi.

– Vă rup picioarele, ciudaților! țipă copilul din toți plămânii.

– Fugiți! tresare Emily panicată.

– Dar de ce să fugim? Nu e nevoie să fugă nimeni! mormăie Satana amuzat și pregătindu-se să bată din palme, să facă o vrajă. Îi arăt eu mucosului cu cine se pune.

– Ba nu-i arăți nimic! spune Dumnezeu răspicat și îl prinde pe Satana de mână. E doar un copil care nu știe ce face!

– Da, e doar un copil, dar știe ce face! Ne rupe picioarele!

– Hai, liniște! Satana, Emilia, treceți în tren!

– Numele meu e Emily! îl corectează fata.

– Mda, nu și de botez, spune Dumnezeu și se urcă și el după ei.

În momentul în care grupul de bătăuși ajunge pe peron, trenul pleacă. Copilul începe să alerge paralel cu vagoanele, înjurând și amenințând. Fata îl privește speriată, dar acesta devine din ce în ce mai mic, pe măsură ce trenul se îndepărtează.

CAPITOLUL 16

Un fum înecăcios inundă capătul vagonului. Cum niciodată nu poți ști la trenurile CFR de la ce vine pâcla, putea fi de la o defecțiune sau de la oameni care fumau în vestibulul dintre vagoane. De data asta, fumul este de la oamenii care fumează. Dumnezeu își face cu greu loc printre ei și încearcă să ventileze fumul cu palmele. Satana își scoate telefonul mobil nepăsător, de parcă nimic nu s-a întâmplat.

– Dar ce faci? îl întreabă fata, agitată.

– Caut ceva pe net, nimic interesant, răspunde el.

– Ce anume?

– Ce viteză trebuie să aibă trenul ca să arunci pe cineva din el în siguranță...

– Serios? Ăsta-i planul tău ca să scapi de mine? intervine Dumnezeu.

– Nu despre tine era vorba, răspunde Satana dându-și ochii peste cap și arătând subtil spre Emily.

– Ne scuzați, își îndreaptă Dumnezeu atenția spre călătorii care se bucurau de o țigară, se fumează în tren?

– Păi aici nu-i tren, răspunde unul dintre ei, practic suntem între vagoane.

– E un fel de purgatoriu, ca să zic așa, exclamă Diavolul. Și eu îți sugerez să te bucuri de el cât poți, că la cât fumezi, sigur ne întâlnim în curând.

Satana le face semn companionilor săi să îl urmeze. Apasă butonul de deschidere automată a ușii, dar acesta nu funcționa. Până la urmă o forțează și face loc pentru toată lumea. Îi lasă pe Dumnezeu și pe Emily să meargă spre vagon, iar el îi face semn interlocutorului de mai devreme să-i dea și lui un fum, savurându-l din tot sufletul.

– Ptiu, a fost cât pe ce, spune fata ușurată, așezându-se pe scaun.

– Cât pe ce să scap de tine, răspunde Satana fără ca iubita să-l audă.

– Vezi ce-ai făcut dacă ți-ai băgat coada, drace? zice Dumnezeu.

– Și nu numai coada, răspunde el amuzat.

Fără să mai apuce să răspundă, Dumnezeu observă că s-a deschis ușa de la vagon, iar controlorul apare în fața lor.

– Bună ziua! Mergeți la carnaval? îi întreabă.

– Carnavaaal! exclamă Emily entuziasmată.

– Nu! Mergem la Predeal, răspunde Domnul și entuziasmul fetei se risipește.

– Mă rog... biletele la control!

– E cu intrare în Predeal? intervine Satana.

– Biletele de tren!

– Sigur că da, preabunule naș. Le avem în baga... spune Dumnezeu amintindu-și de ceea ce li s-a întâmplat cu bagajele în gară.

– Mergeți în ghetourile de lângă gară și găsiți biletele noastre acolo, intervine Dracul pentru a salva situația. Mulțumim!

– Bă, vouă vă arde de glume cu mine? Vă amendez și vă dau jos la următoarea gară, le zice controlorul, nervos.

– Ei, ce-i corect e corect, concluzionează Dumnezeu.

– Normal! Eu nu las pe nimeni fără bilet să umble cu trenul pe tura mea, plusează controlorul, făcându-l pe Dumnezeu să îl privească triumfător pe Diavol. Fără 50 de lei de om, nici nu discut, completează nașul.

– Da, nu-i nici o problemă, răspunde Satana întorcându-i privirea triumfătoare Domnului, băgându-i apoi banii în buzunar controlorului. Se poate oare s-o dați jos măcar pe ea? întreabă în șoaptă.

Dumnezeu îl lovește cu piciorul pe drac, iar nașul trece la alți pasageri. Cei trei privesc în liniște pe geam, fiecare fiind cufundat în propriile gânduri. De fapt, cei doi privesc în liniște pe geam, iar Satana doarme și sforăie de tremură șinele sub tren. După vreo jumătate de oră de mers, trenul oprește într-o haltă. Satana tresare din somn.

– Am ajuns în Predeal? Am dormit șapte ore neîntors?

– Mergem de jumătate de oră, drace, îi răspunde Dumnezeu plictisit.

– Ah, deci încă pe atât și ieșim din Constanța, e bine.

La care Dumnezeu întoarce capul și privește pe geam.

– Săti, sunt plicti! spune Emily și se lipește de Satana mângâindu-l pe picior. Hai să căutăm vagonul-cușetă și să... iar restul propunerii indecente i-o șoptește lui Satana la ureche.

Satana nu o ascultă. E mai atent la ce face Dumnezeu, care observă pe micul peron al haltei niște copii sărmani care păreau batjocoriți de către un asistent social. Se ridică valvârtej de pe scaun, îndreptându-se furios spre peron. Până să apuce să părăsească trenul, însă, observă un bărbat care ridica mâna la soția lui. Satana se uită malefic la Dumnezeu să vadă pe cine alege să salveze. După câteva clipe de gândire, se repede spre cuplul certăreț și, printr-o simplă ridicare a mâinii, îi schimbă intenția bărbatului care începe să își mângâie soția. Trenul însă pornește din loc, iar Dumnezeu nu mai apucă să coboare și să remedieze necazul copiilor din gară.

– Eu aș fi ales copiii, Doamne, îi zice Satana bătându-l pe umăr, răsucind și mai tare cuțitul în rană.

– Nici nu m-ai ascultat! spune Emily îmbufnată și se dezlipește încruntată de Satana. Apoi zâmbește din nou, și se lipește iar de el. Dar de-aia te iubesc eu pe tine așa de mult!

– Ooo! Nu! spune Satana dezlipind-o de el. Ai spus cuvintele alea două... Eu zic că de fapt te afectează plictiseala mai mult decât crezi. Trebuie să animăm puțin atmosfera.

– Drace... ce plănuiești? întreabă Dumnezeu suspicios. Ți-am mai văzut privirea asta și niciodată nu e de bine.

Brusc, Satana o zbughește pe culoarul vagonului și începe să răstoarne toate bagajele călătorilor, spre stupefacția acestora și a lui Dumnezeu.

– El m-a pus! zice arătând spre Dumnezeu, înainte să tragă de ușă și să iasă din vagon.

Intră în următorul și bate din palme, moment în care toți oamenii de acolo încep să se bată între ei. Îi lasă și pe aceștia în urmă și merge mai departe, făcând același gest și în următoarele vagoane, până când ajunge la locomotivă. Încearcă să deschidă ușa spre locomotivă, dar era blocată. Satana bate din palme și cu un singur pumn dărâmă ușa. Mecanicul îl privește șocat, neînțelegând ce s-a întâmplat cu ușa locomotivei.

– Nu am văzut soneria și am zis să bat la ușă, spune Satana.

– Cine ești?

– Un pasager nemulțumit. Chestia asta are și viteza a doua? Că simt mai degrabă cum se rotește Pământul decât cum merge trenul!

– Domnule, n-ai voie să intri aici.

– Da, și Emily mi-a zis același lucru aseară! Dar lasă asta... Dă-mi-o și mie la o tură, promit că n-o stric, spune Satana înșfăcându-l pe controlor și dându-l la o parte.

CAPITOLUL 17

Dumnezeu se ridică nervos și pleacă pe urmele lui Satana, ajutându-i pe oameni să-și urce bagajele la loc și scuzându-se pentru partenerul lui de călătorie, exact ca un părinte care vine în spatele copilului său și strânge după el. Emily apare și ea în urma lui Dumnezeu, în timp ce acesta o ajută pe o bătrânică drăguță, cu părul vopsit mov, să urce o pungă de rafie plină cu brânză înapoi în spațiul pentru bagaje.

– Să știi că el nu e rău, doar că uneori se mai plictisește, spune Emily.

– Da, s-a mai plictisit el și-n 1914, și-n 1939…

– Apucă mai bine de colț, că se scurge zerul! îl îndeamnă bătrânica apoi pe un ton mai blajin. Măcar v-a venit mintea la cap să mă și ajutați, mă și mir că mai există respect...

– Doamnă, să știți că nu-s responsabil pentru ce-a făcut roșiaticul ăla! se apără Dumnezeu.

– Ce să-i faci, maică... Tineretul din ziua de azi… Cu blugii lor rupți și cerceii în nas.

– Și furcile, și coarnele… continuă El gânditor.

– Știi ce-i trebuie lui, mămică? O femeie care să-l înțeleagă și să-l ajute să fie mai bun, constată bătrâna.

Emily face ochii cât cepele de bucurie, la auzul acestei concluzii. Se bucură că nu e ea singura care crede lucrul acesta.

Între timp, Dumnezeu reușește să urce sacoșa de rafie înapoi la locul ei și se așază istovit pe o geantă de voiaj.

– Ce-i trebuie lui e puțină ordine și disciplină, o contrazice el pe bătrânică.

Pocnește iarăși din degete, toate gențile de voiaj se ridică de la pământ și plutesc spre locurile lor, de parcă Satana nici nu le-ar fi atins vreodată.

Dumnezeu și Emily trec în vagonul următor, unde oamenii se bat pe scaune, printre scaune și sub scaune, folosind ca arme tot ce nu e fixat în șuruburi de podea.

– De ce trebuie să mesteci mereu așa de tare?! urlă o femeie la soțul ei în timp ce-l lovește cu o revistă de integrame făcută sul.

– Chiar trebuie să sforăi în urechea mea ca o drujbă?! strigă un bărbat către un bătrân în timp ce-l împungea cu o umbrelă închisă.

– Cum să mănânci sendviș cu salam în tren în secolul 21? țipă un adolescent la taică-su, care se uită îngrozit la el. Nu e destul că n-ai bani măcar de un Logan și mergem peste tot numai cu trenul!?

– Ce s-a întâmplat oare? întreabă Emily confuză.

– S-a întâmplat iubirea ta încornorată, asta s-a întâmplat. A scos din sufletul oamenilor tot ce era mai rău. Ce-ar zice și ce-ar face oamenii dacă n-ar avea mărinimie și compasiune. Practic, a transformat trenul în casa *Puterea dragostei*.

Domnul pocnește din degete și oamenii se calmează brusc. Armele improvizate sunt abandonate și toți încep să se scuze, rușinați și buimaci. Cei doi continuă să meargă prin vagon, ascultând ce-și spun oamenii care în urmă cu câteva momente aveau doar ură în minte.

– Știi că iubesc totul la tine, inclusiv că îți aud mestecatul de la trei camere distanță!

– Dar e normal să sforăi, toți sforăim. Vă recomand un doctor, să mergeți la el, să nu fie simptom la o problemă mai gravă!

– Tată, dă-mi și mie un sendviș cu salam, că știi că-s de fapt preferatele mele.

În fiecare vagon, Dumnezeu pocnește din degete și astfel oamenii vrăjiți de drac reîncep să se comporte normal. Dintr-odată însă, trenul prinde o viteză amețitoare. Cu adevărat amețitoare, nu ce înseamnă viteză amețitoare pentru trenurile CFR, adică 40 pe oră. Dumnezeu își pierde echilibrul și cade pe un scaun, dar își reia drumul imediat. Nu înțelege ce se întâmplă, dar este conștient a cui e vina pentru situația creată. În cele din urmă, El și Emily ajung în locomotivă și îl văd pe Satana îmbrăcat în mecanic, iar pe mecanic, legat într-un colț, fără haine și zgribulit.

– Coborâți la prima? întreabă Dracul glumeț trăgând de manete.

– Pe bune, asta faci? Zici că ești Dl. Goe, îi răspunde Dumnezeu tăios.

– Săti, mi-e frică! Lasă trenul mai încet! adaugă și Emily.

– Mă distram și eu un pic, na, în limita posibilităților...

– Te distrai, ăăă? Hai că am înțeles când ai dat jos bagajele sau când i-ai pus pe ăia să se bată între ei, dar chiar era necesar să faci orgie între călătorii ultimului vagon? întreabă Dumnezeu.

– Lasă, Doamne, au simțit și ei că trăiesc un pic!

– E un vagon de bătrâni care merg la băi, nerușinatule! îi spune Tatăl și îl ia de urechi. Nici nu știi cât de greu ne-a fost să-i desprindem ca să verificăm dacă ești și tu printre ei.

– Era ca și cum ai încerca să desparți piese Lego făcute din plastilină și stropite cu ulei... zice Emily cu o privire ușor traumatizată pe față.

– Am fost un pic printre ei, dar n-am putut să țin pasul, glumește Satana.

Fără să mai stea pe gânduri, Dumnezeu îl dezleagă pe mecanic, apoi, prin altă minune, îi face hainele să-i apară la loc pe el și îl repune în funcție. Cei trei se întorc în vagonul lor, unul nervos, unul plictisit și Emily cu inimioare în ochi pentru Satana, de zici că era un emoji umblător. Se așază pe locurile lor și Satana deja își dă ochii peste cap știind că urmează un discurs clasic despre de ce e bine să fii bun și de ce e rău să faci rău. Dumnezeu ridică un deget și deschide gura, dar este întrerupt de un vânzător ambulant surdomut care intră și împarte diverse obiecte pe măsuța din tren. Astfel, cearta lui Satana avea să fie amânată până pleacă acesta, fiindcă nu e politicos să-ți speli rufele de față cu alți oameni. Surdomutul le lasă obiectele, le zâmbește și iese din compartiment.

– De ce nu poți și tu să semeni cu ceilalți copii ai mei? izbucnește Dumnezeu într-un fel de strigăt în șoaptă.

– Păi sunt ca ei. N-ai observat că toți sunt niște nemernici? îi răspunde Satana.

– Ce vrei să spui? Uită-te la ei ce liniștiți sunt toți, ce oameni minunați care fac doar fapte bune avem în țara asta, plusează Dumnezeu.

– Normal că sunt toți buni când îi potolești tu cu puterile tale.

– Ce? Nu-i adevărat, se apără Domnul. Eu doar le-am arătat calea puțin, nu puterile mele i-au făcut să fie oameni buni!

– Da, ăla care-și bătea nevasta a început să o mângâie că așa a vrut el, ăla care a furat poșeta de pe plajă chiar voia o Biblie și recepționera de la hotel chiar își dorea să plătească din banii ei o noapte de cazare pentru familia aia...

– Auzi, știi ceva? O să-ți arăt că oamenii de-aici sunt buni. Hai să renunțăm amândoi pentru o zi la puterile noastre, tună Dumnezeu.

– Să mori tu! Mă rog, metaforic vorbind...

– Am să-ți dovedesc că vorba bună și sufletul curat îi fac pe oameni să se îndrepte spre calea cea dreaptă.

– Ooo, doar știi că îmi place ispita. Dar ce-ai zice să facem pariul ăsta mai interesant?

– La ce te gândești?

– Sincer, nu vrei să știi. Ah, te referi acum la pariu. Fii atent... care dintre noi pomenește primul că-și vrea puterile înapoi îi e dator celuilalt o favoare. Absolut orice lucru din lume... și din afara lumii. Ce zici?

Dumnezeu șovăie puțin înainte de a da un răspuns fiindcă îl cunoștea pe Satana și era conștient de ce-i poate capul.

– Bine, s-a făcut! Dar vezi că de data asta nu te las să trișezi! răspunde Dumnezeu decis. Uite cum facem, ca să fie totul corect. O să ne punem puterile în amuletele noastre și, timp de 24 de ore, nu mai avem treabă cu ele, zice Tatăl cu un ton încrezător.

Cei doi își dau mâna. Satana se întoarce spre Emily.

– Draga mea, nu credeam că o să fii și tu utilă la ceva, dar taie pariul!

Fata face întocmai. Dumnezeu își strânge cu putere pumnul drept. Lumina ușoară care părea că-l înconjoară mereu începe să scadă și parcă să se scurgă către pumnul strâns. Din pumn țâșnesc raze de un alb imaculat, iar când acestea pălesc, Dumnezeu deschide palma. Acolo este o amuletă superbă, rotundă și albă, cu o piatră albastră care strălucea jucăușă.

În același timp, Satana își strânge cu putere pumnul stâng. O ceață neagră se desprinde din trupul lui și până și umbra Diavolului pare că este absorbită către brațul stâng. Din pumn explodează un nor negru-roșcat, ca o mică ciupercă atomică. Când acesta se risipește, Satana deschide palma. Acolo se găsește o amuletă la fel de frumoasă ca a lui Dumnezeu, doar că neagră și cu un rubin mare în mijloc.

Procesul prin care și-au transferat puterile supraomenești i-a istovit vizibil pe cei doi, care își dau voie să alunece extenuați în scaune. Pun amuletele pe masă și se lasă pe spate, cu ochii la tavanul vagonului de tren, care cumva era la fel de murdar ca podeaua. De sub amuleta lui Satana începe să iasă un firicel de fum.

– E OK, se răcește ea imediat, spune Satana.

– Ai mai făcut asta? Ai mai renunțat la puteri? îl întreabă Dumnezeu curios.

– Da, când îl așteptam pe Elvis să sosească, am vrut să-i arăt că sunt dansator mai bun decât el chiar și fără puteri. Dar na, Elvis a ajuns la Tine, deci n-am apucat.

– Ăăă... Elvis să știi că nu e la mine. Eu credeam că a ajuns la tine.

– Fii atent, frate... zâmbește Satana. Ăla ne-a păcălit până și pe noi că-i mort. Bravo lui!

– Ce mișto amuletă, Săti! îi sclipesc ochii fetei. Am o pereche de cercei care s-ar potrivi de minune cu ea.

Satana o ignoră.

– Ți-ai luat și tu liber pe bune măcar o dată în viața ta, Doamne, spune Satana obosit. Și culmea, e și duminică azi...

– Mda... hai lasă-mă să mă odihnesc puțin că mi-ai făcut capul calendar, îi răspunde Dumnezeu închizându-și ochii și lăsând capul pe spate.

– Eu cred că mă duc să împing măgăoaia asta ca să ajungem înainte de Apocalipsă, zice Satana.

– Ai dreptate și tu, chiar se mișcă încet. Hai să coborâm în prima gară și să căutăm o mașină, ceva, că în ritmul ăsta

ajungem când o adopta România euro, îl aprobă Dumnezeu pe Satana, spre surprinderea iubitei lui. Emilia, poți să-mi împrumuți un pic rujul tău?

– Vrei niște culoare-n obraji, Doamne? zâmbește malefic Satana. De zece secunde ești om și deja te preocupă cele lumești.

Emily se apucă să sape în poșetă.

– Pentru obraji cred că mai mult un *blush* ar merge. Poate și puțin *eyeliner* să-ți scoată în evidență ochii. Poate nu v-am spus, dar sunt și reprezentantă Avon.

– Evident... bombăne Satana. Și probabil și make-up artist...

– Și pun și unghii. Ce bine mă cunoști, Săti! mai spune ea în timp ce-și punea rujul în mâna lui Dumnezeu.

Dumnezeu ia rujul și, cu o mișcare rapidă, i-l aruncă lui Satana direct în față.

– Aaaa! urlă Satana. Banu'! Adică ochiul meu! Ce-ți veni, Doamne?

– Am testat că tu chiar nu mai ai puteri. Nu poți să mă învinuiești că nu te-am crezut din prima, nu?

– Acum pot să te înțep și eu cu furca, să văd dacă nu cumva mă minți tu?

– Știi că Eu nu mint, drace!

– Mda, știu. E nevoie de niște imaginație, de niște talent...

Trenul înaintează cu viteza unui melc paralizat și se târăște pe șine ca o șopârlă plictisită pe o piatră încinsă. Partea bună la acest mod de funcționare a CFR-ului este că cei doi pot să se bucure mai mult timp de peisajele minunate din România. Chiar și Satana recunoaște că Dumnezeu a făcut o treabă absolut minunată cu felul în care arată această țară.

CAPITOLUL 18

În timp ce șeful Întunericului își face viața prin România, în Iad se întâmplă lucruri ciudate. Niște urlete isterice parcă zguduie ușa biroului lui Satana, dar nimeni nu avea voie să intre acolo în afară de cei mai înalți lideri ai infernului. Eva încearcă cu greu să-l stăpânească pe interlocutorul ei, un bărbat grizonant, cu ochelari fumurii la ochi și cu părul dat pe spate, care țipa la ea furios, cu o voce gravă:

– Nu faci tu ordine la Satana în birou, pitica dracului! zice Vadim cu sete.

– Dar el m-a lăsat aici, să-i țin locul, se apără Eva.

– Ce să ții, șomâldoaco? Ce să ții tu? Nu vezi cât ești de slabă, nici liftul până-n Rai nu te ia! Escroaca naibii!

– Vă rog, domnule Vadim, săptămânal veniți și faceți scandal aici...

– Păi fiindcă ăia din Rai mă trimit aici, și voi, cei din Iad, îmi spuneți să merg înapoi în Rai. Mă faceți să migrez ca UDMR-ul la guvernare, dintr-o parte în alta. Vreau reședință permanentă aici, bucată de coastă ce ești...

– Dar de ce vreți la noi în Iad? Dumneavoastră sunteți un om bun.

– Pentru că aici sunt ungurii și vreau să le sparg mecla la toți! Să știu eu sigur că-s torturați cum merită! răspunde el tăios.

Brusc, pe ușă intră un alt bărbat cărunt, cu părul ondulat, puțin roșu în obraji și îmbrăcat într-un pardesiu negru.

– Alo! Alo! zice Nicolae Ceaușescu. Liniște, tovarăși!... Liniște!

– Să trăiți, tovarășe secretar general! îl salută Vadim prompt.

– Ce se întâmplă aici, Cornelus?

– Nimic, nimic nu se întâmplă, intervine Eva. Avem niște mici probleme cu relocarea domnului Vadim, dar totul e sub control.

– Tâmpita asta a pierdut controlul, raportează liderul PRM. Nici dracu' nu mai rezolvă problemele de aici! N-au nici măcar apă caldă, tovarășe! În IAD... Fierb oamenii în apă la temperatura camerei, zici că-i Firea primar...

– Tovarășă Eva, spune Ceaușescu pe un ton dulce, poate că a venit vremea pentru o schimbare. E timpul ca un lider competent, cu realizări mărețe pe Pământ, care e iubit de oameni, să îi iau locul „dhacului".

– Dracului, l-a corectat Vadim.

– Dhacului, repetă Ceaușescu fără să reușească să pronunțe corect litera „r".

Lui Satana, zice Vadim lăsând de la el.

– Așa, continuă nea Nicu. De acum înainte mă proclam președinte al Republicii Socialiste a Iadului. Anunțați poporul, le spune celor doi. Goliți alimentara! Tăiați curentul! Colectivizați totul! Porniți cooperativele agricole de producție!

– Tovarășe, suntem în Iad, nu cred că există pe-aici proprietate privată...

– Asta înseamnă că deja am rezolvat o problemă. Următoarea dilemă: cam câtă înfometare ar suporta cetățenii Iadului ca să reușim să plătim datoria externă către Rai?

– Stați, stați! tresare Eva de parcă abia acum a realizat ce se întâmplă. Nu puteți să faceți asta!

– Stai liniștită, tovarășă. Am plătit datoria externă și în România și totul a mers foarte bine.

– Nu, nu asta! Să dați o lovitură de stat, la asta mă refer, nu aveți voie!

– Lasă-l și pe „dhacul" să vadă ce nasol e... Când i-a pus pe ăia să mi-o facă mie pe Pământ cum a fost?

– Îmi pare rău, nu pot să-l trădez pe șefu'. Nu-mi stă în fire mie să fac din astea, zice Eva.

Cei doi se uită ostentativ la ea, fiind foarte aproape să-i amintească de motivul izgonirii ei din Rai.

– Eh, asta a fost acum mult timp, se scuză ea. Dar nu mai fac, nu aveți cum să mă convingeți!

– Ai încredere, fetițo, o să fie mult mai bine totul cu mine la conducere, insistă Ceaușescu.

– Sub nici o formă, vă rog frumos să terminați cu ideile astea! zice Eva fermă pe poziție.

– Îți pun țâțe! răspunde scurt Ceaușescu.

– Până la urmă, șefu' e băiat mare, se descurcă el. Mă duc să-i anunț pe oameni.

– Tovarășe Corneliu, o să mă idolatrizeze toți oamenii ăștia de-aici exact cum făceau românii, spune nea Nicu după ce Eva iese din birou. Du-te și scrie niște poezii pentru partid!

– Să trăiți, tovarășe secretar general! Știți ceva care rimează cu „Târgoviște"?

CAPITOLUL 19

Dumnezeu stă în fața gării și privește către oamenii grăbiți care intră și ies de acolo, cu ochii încărcați de griji, bagaje mari în mâini și cei mai mulți dintre ei, cu ochii în telefoane. Satana apare lângă el, la volanul unui taxi.

– Te duc undeva, „păpușe"? îi spune șmecherește, cu o țigară între dinți.

– Ce-i ăsta?

– Am luat taxiul.

– Păi și șoferul?

– Am zis că am luat taxiul, n-am zis nimic de șofer...

– Ai furat un taxi?

– Doamne, așa mă știi Tu pe mine? întreabă Satana fiind judecat de privirile ostentative ale Tatălui. Mi-a zis șoferul că se retrage în Berceni și mi-a împrumutat mie mașina fără să știe. Hai urcă odată că mă claxonează colegii din spate.

Dumnezeu se lasă convins și se urcă în mașină.

– Dar fata unde-i? întreabă El.

– Nu mai vine, săraca. I-a luat ochii un joc nou și acum e cam dependentă. Lasă că o luăm la întoarcere.

În acest timp, Emily merge prin gară, legată la ochi, pipăind cu mâna prin jur, lovindu-se de coșurile de gunoi și fiind ocolită de oameni.

– Iubire, țipă ea, zi ceva! De jumătate de oră jucăm baba-oarba, încep să mă plictisesc...

Satana gonește cu 160 de km/oră pe un drum național. Mașina abia rezistă, volanul tremură din toate țâțânile, iar geamurile zângăne.

– Nu vrei să o lași mai ușor? întreabă Dumnezeu. Ai limită de 50.

– Și să râdă ceilalți cu Loganuri de mine? Ai văzut Tu vreo Dacie care merge regulamentar? îl contrează Satana.

– Măcar ajungem mai repede, se consolează Domnul puțin speriat.

Dintr-odată însă, Necuratul pune o frână bruscă înjurând de mama focului. În fața lor se observă o coadă kilometrică de mașini.

– Ce faci, drace? Mi-a sărit și aura de la frâna asta. Nu uita că suntem muritori acum!

– Chiar când mă gândeam că-mi vine să mor. Suntem pe Valea Prahovei, Doamne... Legendele Iadului spun că aici se concentrează un sfert din populația Pământului...

– Cum adică? Nu era vorba că se face autostradă aici? întreabă Domnul stârnind râsul lui Satana.

– Hahaha, Doamne, ar trebui să mergi la *iUmor*, pe bune! Cu glume din astea cred că-l dai gata pe Bendeac. Și mai zice lumea că n-ai simțul umorului, auzi...

– Cine zice asta? întreabă Dumnezeu deranjat.

– Ah, nimeni...

– Întâmplarea face să fiu foarte amuzant, dacă vrei să știi. Nu știu dacă ți-am spus vreodată bancul cu cisterna...

– Te rog... nu iar bancul cu cisterna...

– Deci, fii atent... Se făcea că a venit șoferul cisternei la benzinărie...

Satana își împreunează mâinile deasupra coarnelor și începe să se dea cu capul de volan. Știe că atunci când Dumnezeu se apucă să spună bancul cu cisterna, durează cam o oră și nici de data asta nu se înșală.

– Era soră-sa, mă! Hahaha! termine Preasfântul bancul. Bun, nu?

– Ia-mă acum, Doamne, răspunde Satana către cer în timp ce apucă crucea care atârna de oglinda retrovizoare.

– Hai că a mai trecut timpul cu acest banc mișto. Cât am avansat?

– Șapte kilometri! răspunde Satana nervos.

Scoate capul pe geam și se uită pe contrasens supărat, iar într-o clipă demarează în trombă și depășește mașinile din fața lui, avântat într-o cursă cum altfel dacă nu infernală. Dumnezeu se prinde de tot ce-apucă de prin mașină, iar spaima i se citește pe chip. Diavolul savurează la maximum momentul, adrenalina îi inundă corpul și el face slalom printre mașinile care se chinuie să îl ferească, într-o ploaie de claxoane și de înjurături. La un moment dat, virează brusc stânga și ajunge pe un drum neasfaltat, la capătul căruia se vede o pensiune. Diavolul oprește motorul mulțumit de isprava lui, iar Dumnezeu iese din mașină dând semne că i-ar fi rău.

– Spune Tu că nu e mai mișto când știi că n-ai airbaguri.

Apoi îl vede pe Dumnezeu cum se sprijinea pe genunchi, palid la față. Vrei să te țin de aură, Doamne? întreabă Diavolul ironic. Și când te gândești că ieri-noapte îmi era mie greață... Cum se-ntoarce roata...

– Se-ntoarce cu 180 la oră pe contrasens, inconștientule! Mă mir că mai suntem întregi, îl ceartă Dumnezeu fără să fie băgat în seamă însă. Dar stai puțin... eu îmi amintesc că am făcut mult mai multă pădure pe-aici, continuă Cel Sfânt.

– Nu știu ce s-o fi întâmplat cu ea. Oare au tăiat-o românașii tăi blânzi și binevoitori? Greu de crezut, răspunde Dracul sarcastic.

– Hai, lasă ironiile că am înțe...

– Or fi vândut-o pe doi lei altei țări și ca să cumpere apoi cherestea la un preț de zece ori mai mare? Nu cred una ca asta.

– OK, ți-am înțeles punctul de vede...

– Să nu le pese DELOC de mediul înconjurător, ci doar de bani și de burțile lor mari și...

– Am priceput, gataaaa! țipă Dumnezeu răsucindu-i coarnele lui Satana. Hai să ne cazăm aici mai bine și să ne bucurăm de aerul ăsta curat.

– Ce-i drept, doar aerul a mai rămas aici, că pădurile au fost curățate de mult, concluzionează Satana și se îndreaptă alături de Dumnezeu spre pensiune.

CAPITOLUL 20

Dumnezeu și Satana intră în pensiune cu speranța că vor găsi o cameră la un preț decent, spre deosebire de ceea ce au pățit pe litoral. Cabana este una simplă, tradițională, cu lemn pe interior, cu câteva prosoape cu motive românești așezate pe pereți, urcioare din lut pe măsuțele din hol și un cap de cerb împăiat care stă falnic deasupra recepției.

– Bună ziua, o salută Dumnezeu respectuos pe doamna din fața lui.

– Mnă ziua, răspunde ea cu ochii în calculator.

– Am vrea și noi o cameră, vă rugăm.

– Aveți rezervare? întreabă ea.

– Nu, din păcate.

– În perioada asta nu mai avem locuri.

– Păi până când e ocupat?

– Până pe 19 ianuarie... 2023.

– Poftiți? Atât de mulți oameni își doresc să vină aici?

– Vă dați seama... Suntem și singura pensiune cu 500 de lei pe noapte, ni se vând camerele ca pâinea caldă. Dacă vreți, vă pun pe lista de așteptare de anul viitor în cazul în care renunță cineva...

– Și parcă românii n-aveau bani, Doamne, așa se plâng peste tot, comentează Satana.

– Știți cumva dacă mai există locuri la alte pensiuni, întreabă Dumnezeu. Noi suntem în vacanță și ne dorim să stăm câteva zile la munte.

– Sincer, nu cred. Toți oamenii își doresc să fie aici.

– Altă chestie mișto la români, Doamne, sunt originali. Păi nu merită un credit pe cinci ani pentru cinci zile de munte?

– Chiar nu pricep de ce se înghesuie toți aici. Le-am dat o grămadă de munți în toată țara, și ei tot pe Valea Prahovei vin... contemplă Dumnezeu cu amărăciune în glas.

– Păi știi cum e, Doamne, unde e turma de șmecheri, hop și cocalarii. Ei trebuie să stea uniți că altfel se pierde din valoare.

– Vă mulțumim frumos, doamnă, la revedere! spune Dumnezeu plecând din căbănuță.

– Puteam să alegem și noi ceva mai modest, gen Elveția, Doamne, mormăie Satana sub privirea plină de mustrare a Tatălui.

– Ce rău îmi pare că am venit degeaba până aici! spune Dumnezeu cu regret.

– „Ce rău îmi pare că am venit degeaba până aici!“, îl îngână Satana. Asta spun și tipele când reușești să le duci acasă, nu?

– Ha-ha... râde Dumnezeu sarcastic.

– Deci de asta îi zice VALEA Prahovei... Te-ai prins, Doamne? „Valea“, zice Satana râzând singur.

– Bancurile mele sunt infinit mai bune, concluzionează Domnul. Vrei să-l auzi iar pe ăla cu cisterna?

La ieșirea din pensiune cei doi observă în fața lor un grup de oameni cărora li se luminează privirile atunci când îi văd. Sunt îmbrăcați în pantaloni de costum, cu cămăși băgate în pantaloni și cravate late la gât.

– Slavă Ție, Tată Ceresc! spune unul dintre ei, încântat la culme.

– Bună ziua, copiii mei!

– Eram siguri că Tu ești! Am venit unde trebuie!

– Pentru... mine? întreabă Domnul.

– Da, am auzit că Dumnezeul nostru a venit pe Pământ ca să-i distrugă pe necredincioșii care cred în știință, intervine alt enoriaș.

Satana pufnește într-un chicot, Dumnezeu îi privește confuz.

– Ce?

– Damian, potolește-te, iar începi cu aversiunea ta față de atei? revine primul bărbat, temperându-și colegul.

– Trebuie să moa...

– Ușor, frate Damian, zice un alt coleg de credință. Iartă-l, Doamne... Ni s-a spus că ai venit printre robii tăi să ne mântuiești.

– Cine v-a spus asta? întreabă Domnul surprins.

– Trei păstori.

– Haha, bună asta! spune Diavolul. Pe bune acum, cine v-a zis?

– Trei ciobani! Ne-au zis că li s-a părut că v-au văzut într-un... tren, dar noi știm bine că Dumnezeul nostru e peste tot mereu și nu are nevoie să se deplaseze cu ceva.

– Doamne, vrem să te urmăm peste tot, completează un alt credincios.

– Sunteți de la DIICOT sau ce? întreabă Satana și scoate telefonul mobil. Mi-ați pus microfoane în ăsta, nu?

– Vrem să-ți fim apostoli! Avem și robe la noi, spune primul bărbat, iar la auzul acestei laude, toți își scot pânzele din rucsac arătându-i-le Domnului.

– Ai greșit sfântul, băiatul meu, intervine Dracul.

– Mă bucur mult să aud acestea, zice Dumnezeu, dar nu mai sunt vremurile de-atunci...

– Dar vrem să mergem din ușă-n ușă alături de Sfinția Ta și să îți propovăduim cuvântul, Doamne. Avem deja antrenament, că o facem singuri de vreo 15 ani încoace.

– Trebuie să fie foarte bucuroși oamenii când apăreți pe la ușa lor, zice Satana zeflemitor. Care e cuvântul tău, Doamne? „Plictiseală"?

– Aa... procesează Dumnezeu, voi nu sunteți cumva... Martorii....

– Exact! Martorii lui Iehova!

– Abia acum vă recunosc, se bagă și Dracul în vorbă. Singurul lucru mai enervant decât băncile...

– Să ne prezentăm, Doamne... Eu sunt Mario și alături de mine sunt Nicholas, Beniamin, Damian, Eduard, Jorge, Luis, Manuel, Orlando, Rafael, Vincenzo și Betty... Na, ea e cu feminismul, în zilele astea prinde, se scuză el. Oricum e urâțică, n-avem pofte din alea cu ea...

– Dar ce-i cu numele voastre? întreabă Dumnezeu.

– Zici că sunteți genericul unei telenovele, completează Satana.

– Părinți moderni, Doamne, răspunde Mario. Încă aștept aprobare de la Evidența Populației ca să devin Luca, dar merge greu.

– Încotro ne îndreptăm, Dumnezeul meu? întreabă Nicholas.

– Dragii mei, nu e nevoie să mă urmați fizic nicăieri. E suficient că mă aveți în inimile voastre mereu.

– Fiți fericiți că nu-l aveți pe scaunul din dreapta, că e mai enervant, sincer, adaugă Satana.

Toți cei doisprezece încep să-l aplaude frenetic.

– Întotdeauna o pildă minunată din partea Lui. Ăsta e Dumnezeul nostru. Deci, unde mergem?

– Pot să le zic eu unde să se ducă, Doamne? întreabă Satana.

– Gura! îi răspunde El. Dragilor, mergeți la casele voastre și trăiți în armonie. Asta aș vrea să faceți, completează Dumnezeu văzându-i pe cei doisprezece cum pică pe gânduri.

– E un test, intervine Betty. Domnul ne pune la încercare să vadă dacă ne lepădăm de el, exact cum a făcut cu Avraam. Niciodată!

Auzind acestea, toți apostolii sunt de acord și se duc către el pupându-i mâinile. Unul dintre ei se bagă sub palma lui Dumnezeu.

– Uite! Mi-a pus mâna în cap!

– Nu, nu! Vorbesc serios, mergeți acasă, zice Dumnezeu pe un ton mai apăsat.

– Slavă Ție, Doamne! spune Damian. Nu ne vom lepăda de Tine în nici o situație, ca Luis. El și-a schimbat numele în Petru, dar noi mergem până în pânzele albe cu tine. Auzi, Doamne, e adevărată aia cu drepturile femeii și că gen și ele sunt oameni la fel ca noi?

– Ce? Bineînțeles că e!

– Știam eu! Hai, Betty, vino mai în față, îi spune Damian femeii, care își face loc și apucă și ea de roba lui Dumnezeu.

– Mulțumim pentru *#metoo*, Doamne, îi șoptește ea. Să nu ne dezlipim de Atotputernic, stăm aici până la moarte, țipă apoi, iar ceilalți explodează în urale.

– Uau, ești mai ceva decât Șelly, zice Satana.

– Vă rog, pentru numele lui... al meu... încetați! Apreciez credința voastră, dar eu v-am dat viață ca să o trăiți în tihnă, nu ca fanaticii.

– Vom trăi în tihnă când ereticii o să dispară. Arată-ne calea! spune Damian.

Dumnezeu realizează că nu reușește nicicum să îi convingă pe martori să îl lase în pace și să priceapă că nu despre asta e credința adevărată. Bineînțeles că habotnici există în toate religiile și în nici una dintre ele nu e un lucru bun. Dumnezeu scapă spre Satana o privire rugătoare. Satana își dă ochii peste cap.

– Băieți... și fată! Uitați cum stă treaba, puteți să veniți cu noi, spune Dracul. Dar mai întâi, trebuie să ne rugăm. Haideți, în genunchi în fața Domnului... Închideți ochii și haideți să spunem „Credul".

– Crezul, l-a corectat Dumnezeu.

– Crezi-l tu!

– Nu! Crezul, așa se cheamă rugăciunea, spune și mai tare Cel Sfânt.

– Așa, așa, că niciodată nu țin minte poeziile Tale. Hai, începeți: Cred într-unul Dumnezeu și nu am deloc rațiune, bla bla, cum o fi, îl știți voi.

Apostolii închid ochii și încep să se roage cu voce tare, zâmbind extaziați. Satana îi face semn lui Dumnezeu spre mașină. Dumnezeu dă din cap că „nu" și gesticulează spre grupul îngenuncheat în pietrișul aleii. Satana ridică din umeri și îi flutură „la revedere" cu mâna lui Dumnezeu, apoi o zbughește spre taxiul parcat la poalele dealului. Dumnezeu stă un moment, uitându-se ba spre Satana care alerga la vale, ba la grupul îngenuncheat. Oftează învins, ridică poalele robei și fuge și el spre mașină. Cei doi pornesc în trombă, cu roțile aruncând pietriș în urma lor.

– Mi-a spus mie cineva cândva, demult, că Tu niciodată nu minți, zice Satana zâmbind.

– N-am mințit eu, diavole. Tu ai făcut promisiuni.

– Aaa, deci așa merge treaba, chicotește Satana. Tu de fapt ești cel mai milostiv și sincer și...

– Taci! Până nu mă răzgândesc!

– „Taci! Până nu mă răzgândesc!" Iarăși ceva ce-ți zic fetele când le duci acasă, așa-i?

Fanaticii termină rugăciunea și observă că cei doi nu mai sunt, iar mașina de lângă cabană se pierde în zare.

– Câtă modestie! spune Mario, ștergându-și o lacrimă din colțul ochiului. A plecat cu Loganul. Să mergem după El!

– Aduc mașina? întreabă Luis.

– Ai înnebunit? Dumnezeu merge cu Loganul și noi cu Volkswagenul? Nu se poate. Căutați niște asini, asta ar vrea Domnul, poruncește Mario spre aprobarea celorlalți.

Sigur, atât apostolii, cât și asinul fac parte din povestea Fiului lui Dumnezeu, dar ei nu au mai citit Biblia din liceu și au mai uitat unele detalii din ea.

CAPITOLUL 21

Nebănuite sunt căile Domnului și tot nebănuite sunt și metodele lui de a ține totul în funcțiune în Rai. Asta descoperă tot mai mult Parascheva, Ilie, Gavril și Lazăr, care sunt în biroul lui Dumnezeu, fiecare cu treaba lui, într-o liniște mormântală. Ilie verifică pe un monitor curenții de aer, Gavril se află la un calculator pe un site de știri mondene, Lazăr pur și simplu se plimbă prin birou, iar Parascheva stă față în față cu un înger, vizibil nemulțumită. Din afara biroului se aude un murmur general, semn că sunt mulți oameni la coadă pentru a-și exprima problemele.

– Vă spun că n-au intrat pe luna asta, zice îngerul.

– Avem niște probleme cu încasările acum, dar o să-ți iei banii, stai liniștit, răspunde Parascheva încercând să calmeze spiritele. (Nu în sensul că îngerii sunt spirite, ci în sensul expresiei, bineînțeles.)

– E prea de tot, vă spun sincer. Întâi șomajul tehnic și apoi asta... Am și eu rate, impozite, taxe.

– Nu avem așa ceva în Rai... spune nedumerită Parascheva.

– Bine, n-am eu toate astea, are tipul pentru care-s eu înger păzitor, dar mă rog...

– De câte ori v-a spus șefu' să nu mai împrumutați cu bani oamenii pe care-i păziți de rele?

– Păi cel mai mare rău de care-l păzesc e să nu-l lase banca fără casă! Oricum, dacă treaba merge la fel, cu conturi goale, plec la greci. Nimeni nu se plânge de Zeus.

– Rămâi loial și o să fii răsplătit cum se cuvine în Împărăția cerurilor!

– Aha. Și eu când mă duc la magazin să-mi iau de mâncare, le spun ălora să-mi dea crenvurști pe răsplată divină, nu? zice îngerul nervos și apoi se ridică, ieșind furibund din birou.

În urma lui intră un alt heruvim.

– Ce moaștele mele se plâng toți așa, eu nu înțeleg, concluzionează sfânta îmbufnată. Următorul!

– Sărut mâna, doamna Parascheva! spune o voce umilă. Am avut un incident în parcare.

– Despre ce e vorba? întreabă ea fixându-l cu privirea pe cel de-al doilea înger.

– Mi-a zgâriat unul aripa dreaptă.

– Care aripă?

– Dreaptă, cum am spus...

– De la ce?

– De la mașină, ce altă aripă putea să fie? răspunde el timid.

– O să ne uităm pe camere și îi luăm asigurarea...

– Și încă ceva, vă rog. Mi-a căzut aura... E a treia luna asta.

– Cine-o mai lua aure de la chinezi..., spune Ilie cu jumătate de gură.

– O să comandăm una nouă. Altceva?

– Nimic, mulțumesc frumos. Să vă dea Dumnezeu sănătate! spune îngerul și apoi iese din birou.

– Apropo de sănătate, zice Parascheva îndreptându-și atenția spre un coleg de-al ei, tu, Gabi, ai făcut ce ți-am zis?

– Da, da! răspunde Gavril închinzând site-urile. Am vindecat miraculos șapte oameni în fază terminală... Câți erau în total?

– Vreo 300 pe zi, răspunde șefa interimară.

– Că tot ai zis de 300 pe zi, să-ți spun fază tare. Cică Bianca Drăgușanu...

– URMĂTORUL! urlă Parascheva întrerupându-l pe Gavril.

În birou intră un bărbat cu o barbă generoasă, părul lung până la umeri și o privire pătrunzătoare. Hainele lui sunt simple, sobre, de preot de pe vremuri.

– Tot respectul, domnule Arsenie Boca, îl salută Parascheva îndreptându-și spatele.

– Slavă ție, Paraschevo! Voiam să discutăm o treabă: mă cam deranjează puțin vânzările din ultima perioadă...

– Cum adică? Pe sectorul tău vindem cel mai bine...

– Așa-i, dar au mers prea departe oamenii. Am înțeles că vând icoane și cruci cu mine, dar odorizante, fețe de masă, covoare și scrumiere cu fața mea? Ce-am ajuns?

– Mda, e o ușoară isterie într-adevăr, dar sunteți cel mai mare *influencer* sfânt, domnule Boca. Aveți cele mai mari cifre, nu vă bucurați?

– Sunt făcute în China! Nici măcar nu am drepturi pe ele. Tu ai moaștele, ce-ți pasă ție, dar ți-ar plăcea să pună oamenii scrum de țigară pe fața ta? întreabă el neliniștit.

– Țigară? Mergem la țigară? întreabă Gavril, deja ridicându-se de pe scaun.

– Taci și continuă-ți treaba! îi ordonă Parascheva. Domnule Arsenie, o să-i pedepsim pe evazioniști și o să încercăm să fim mai atenți cu *merchandise*-ul dumneavoastră.

– Cum o să faceți asta?

– Găsim noi o metodă. Îi pedepsim în felul nostru, doar nu cu parul, știți vorba aia, încearcă ea o glumiță.

– Da, da, o știu... Și mai vreau și două zile libere la Prislop. Îi aud pe oameni cum îmi rostesc numele toată ziua, e obositor de la un punct...

– Se rezolvă, nu-i problemă. Mulțumim că ați venit, răspunde ea.

Cei doi dau mâna, iar Arsenie Boca pleacă oarecum mulțumit.

– Dau o rupere de nori la Prislop? întreabă Ilie inexpresiv.

– Ee, lasă-l, că-și revine el. Așa-s vedetele, zice Parascheva, iar apoi își pune mâinile în cap extenuată. Sunt sigură că șeful se distrează de minune pe Pământ...

CAPITOLUL 22

Dumnezeu se uită la Satana cum conduce și speră în sinea Lui să nu mai facă manevre precum cele de mai devreme, fiindcă cu greu s-a abținut să nu dea la rațe.

– Nu mi-a plăcut cum i-ai păcălit, să știi, spune El.

– Dar ți-a plăcut cum te pipăiau? Până și ăștia cinstiți sunt enervanți... Aproape am început să înțeleg de ce mafioților nu le plac martorii... Ia zi, unde mai mergem să-ți demonstrez că toți oamenii sunt la fel?

– De data asta ne ducem în cel mai liniștit loc de aici, cu cei mai blânzi oameni.

– La morgă?

– Atenție la maniere! Dă-mi Waze-ul, spune Dumnezeu.

– E bine să nu ai o hartă a universului în cap, nu? Ți-a trebuit ție să scăpăm de puteri...

Dumnezeu ia telefonul în mână și intră pe Waze. În timp ce încearcă să deslușească modul de operare al programului, sus pe ecran apare un mesaj și telefonul scoate un sunet cristalin. Satana întinde mâna după telefon, dar Dumnezeu se ferește, iar apoi citește mesajul cu voce tare, în timp ce Satana se luptă și cu volanul, și să ajungă la telefon: „*Miss you, baby.* De ce nu răspunzi când te sun?"

– Termină, dă-mi mobilul! Am dreptul la intimitate! urlă Satana.

– E revocat dreptul ăsta până citesc tot mesajul. Deci, unde rămăsesem? Și continuă să citească „M-ai păcălit și m-ai lăsat aici de una singură, dar indiferența ta mă excită. Te găsesc eu, obraznicule!“ Și la final sunt un desen cu un drac, un desen cu o vânătă și un desen cu o piersică. Ce înseamnă astea?

– Că... Satana își mănâncă și fructele, și legumele, asta înseamnă. Dieta cu fibre, Doamne.

– Este de la Emilia mesajul ăsta, nu? Aici e botezată „bunăciune din club“.

– Mda, nu reușesc nicicum să scap de ea.

– Ai lăsat-o intenționat singură în gară?

– Mda, să zicem că nu sunt suficient de matur pentru o relație, încă...

– Nu înțeleg de ce fetele sunt mereu atrase de băieții răi.

– Așa-i! Și băieții răi trebuie să stea departe de ele. Mai ales dacă-i posibil să le fi lăsat gravide.

– Poftim? întreabă Dumnezeu înmărmurit.

– Fix aia e problema, că poftim. Acum nu mă distrage de la condus, trebuie să fiu atent la drum.

Satana își fixează privirea în față și începe să fredoneze o melodie. Dumnezeu butonează iar telefonul fără butoane, dar de această dată nu mai intervine în viața amoroasă a copilului Său, ci pune doar noua destinație pe Waze.

După încă vreo câteva ore de mers cu mașina, ajung în sfârșit la destinație. Dumnezeu și Satana conduc pe străzile largi ale unui oraș.

– Ne-ai scos din România, boss? Unde-s gunoaiele de pe străzi?

– Nu, e tot România. Dar e altceva, nu? întreabă Domnul. Uită-te în jur, drace, ăsta e cel mai molcom loc de pe pământ. Îi zice Cluj!

– Aaa, da! Locul perfect să-ți înșeli nevasta, dacă ești fotbalist.

– Termină cu prostiile și oprește aici. Vreau să savurez o răcoritoare și să ne bucurăm de calmul acestui frumos oraș.

– Răcoritoare? Cât de bătrân ești, frate?

Chiar și-așa, îl ascultă pe Dumnezeu și oprește pe avarii pe o trecere de pietoni. Cei doi se dau jos din mașină și intră într-un magazin.

– Bună ziua! Am vrea și noi două răcoritoare, vă rugăm, spune Domnul.

– *Mit? Mi az a* „răcoritoare“, răspunde femeia de după tejghea.

– Românii adevărați din Transilvania, comentează Satana.

– Aoleu, am uitat de unguri. Și nu știu nici limba, că mi-am lăsat harul deoparte, zice Dumnezeu.

– Suc! Juice! Soda! De băut, a încercat Satana să dreagă busuiocul.

– *Mondjat magyarul*, răspunde vânzătoarea.

– Lasă-mă pe mine! Mă pricep să-i fac pe oameni să înțeleagă, zice Tatăl spre exasperarea lui Satana, care mima deschiderea unei cutii invizibile de suc.

După 25 de minute de gesticulări și limbaj prin semne, cei doi ies din magazin cu câte o pungă de pufuleți în mână fiecare.

– Mamă, dar ce i-ai mai explicat, Doamne... Nu mai simți deloc setea după pufuleții ăștia, chiar sunt super răcoritori.

– Era obosită și ea... Hai acolo mai bine, răspunde Dumnezeu văzând un stand de sucuri.

Cei doi se îndreaptă într-acolo, convinși că nu mai au cum să dea greș, iar setea le va fi potolită de îndată.

– Bună ziua, două răco...

– Sucuri, tataie! Două sucuri, s-a băgat Satana.

– Ziua bună! răspunde vânzătorul. Reci să fie?

– Reci, zice Dumnezeu în timp ce Satana zice „calde".

– OK, fie, două reci, s-a înduplecat Nichiduță.

– Cât de reci?

– Există mai multe grade de „rece"? întreabă Satana.

– Cele mai reci! spune Domnul.

De după colțul unei clădiri își fac apariția două mașini negre 4x4 cu geamuri fumurii. Trec în viteză pe lângă cei doi de pe trotuar, dar cam la 100 de metri după, prima mașină pune frână, cea din spate intrând în fundul ei. Unul dintre geamurile mașinii din față se coboară și scoate capul Răducu, fostul iubit muritor al „bunăciunii din club", puțin amețit de tamponare.

– V-am zis eu că sunt bulangiii ăia! țipă el în timp ce încerca să deschidă ușa blocată de micul accident. Deschideți ușa, e blocată!

Dumnezeu și Satana se opresc din târguirea pentru răcoritoare și se uită speriați, neștiind ce să facă.

– Vezi ce se întâmplă când comiți adulter, drace?

– Întâi luăm sucurile și apoi fugim, că mor de sete.

Vânzătorul se mișcă din ce în ce mai lent, fără nici o grijă-n viață.

– Pahare mari, mici sau medii? întreabă el.

– Mari, mari, răspund cei doi, grăbiți.

– Oare vreți și gheață-n ele?

– Păi nu era deja rece?! răspunde Dumnezeu. Hai odată!

– Hai, grăbește-te! a completat Satana. Ești rudă cu CFR-ul?!

– Apăi, domne dragă, nimic nu iese bun dacă-i făcut în grabă. Din ce să fie sucul?

– Din orice, numai dă-ni-l odată! răspunde Dumnezeu nervos.

– Io vă zic, ăla de mere îi cel mai bun, spune mândru vânzătorul.

Interlopii se luptă să-i deschidă ușa lui Răducu. Până la urmă reușesc să-l tragă afară pe geamul mașinii. Își iau cricuri și bâte din portbagaj și încep să alerge spre standul cu sucuri, abandonând mașinile pe marginea șoselei. Sau cum s-ar spune în București, parchează regulamentar.

Satana își pierde răbdarea, înșfacă o sticlă de apă și îl trage pe Dumnezeu după el, luând-o la goană.

– No, dar nu-i frumos! spune vânzătorul.

– Trece-ne pe caiet și Dumnezeu te va răsplăti în ceruri! țipă dracul alergând cât îl țineau picioarele.

Interlopii pornesc într-o goană acerbă spre cei doi, iar Dumnezeu și Satana aleargă cum n-au avut niciodată nevoie să o facă. O alee îngustă între blocuri se termină cu un gang. Cei doi se opresc o secundă uitându-se în spate. Satana deschide sticla cu apă și trage o dușcă. Face o grimasă.

– Vai, cât e de rece! Și cât e de... apă!

– Dă-o și mie, Necuratule! spune Dumnezeu și a șters gura sticlei cu mâneca înainte să bea.

– Ia spune, Doamne... Nu-ți cam vine să-ți dorești puterile înapoi?

– Ca să-ți datorez ție favoare, ispititorule?

– Off, nu de-aia, normal... Eu ziceam ca să faci apa asta în vin. Că tot ce știe Fi-tu, mă gândesc că tu l-ai învățat, nu?

Pași mulți se aud pe aleea îngustă, cei doi ridică privirea și văd doar doi interlopi echipați cu obiecte contondente, semn că grupul se despărțise ca să-i găsească mai ușor.

– Aici sunt! urlă unul și o rupe la fugă spre ei.

Interlopii se ivesc la fiecare cotitură printre blocuri, parcă apar de după fiecare pubelă și iese câte unul de după fiecare copac. Nu puteau să le piardă urma.

La un moment dat, Dumnezeu și Satana ajung într-un părculeț și se aruncă în gardul viu care-l delimita de trotuar.

– Nu mai scăpăm de ăștia, Doamne! Sunt peste tot. Ori sunt ei rapizi, ori ne-am molipsit de ardelene.

– De ce ne-am molipsit?

– Arde... lene... Știi ce zic eu? Că le-am făcut viața prea ușoară, că fug după doi iepuri, dar iepurii fug împreună.

– Și ce propui? Să ne despărțim? Ca să scapi de supraveghere, împielițatule!

– Bine, hai să fugim împreună, să fim prinși împreună și să ne-o luăm împreună. Poate că, după ce termină cu noi, ne și aruncă-n Someș împreună.

– Bine, bine! Am înțeles. Tu fugi în stânga și eu fug în dreapta. La trei. Unu...

– Trei! urlă Satana și o rupe la fugă printre boscheți.

Dumnezeu se ridică și începe să fugă și el în direcția opusă, amândoi cu interlopii pe urme.

CAPITOLUL 23

Satana scoate capul de după un bloc. Se uită la treptele care urcau un metru spre o ușă pe care scria mare „Marfă nouă în fiecare joi". Deasupra ușii, un semn luminos cu „Magazin second-hand".

– Deci nu e marfă chiar nouă, nu? vorbește singur Satana, după care urcă treptele și intră în magazin.

Aici, o vânzătoare plictisită dă *scroll*-uri pe Instagram. Ușa se închide în spatele diavolului. Fără să ridice ochii din telefon, femeia de la casă întreabă:

– Vă ajut cu ceva? pe un ton care spunea, de fapt, „aș prefera să nu".

– Mulțumesc, doar mă uit! spune Satana cu voce pițigăiată și se strecoară în partea cealaltă a magazinului, unde găsește câteva manechine.

Dezbracă repede unul dintre ele de o rochie galbenă, cu imprimeu de floarea-soarelui, se îmbracă și își trage peruca blondă a altui manechin pe cap.

Satana aude ușa magazinului cum se izbește de perete și, printr-o bluză care nu lasă absolut nimic imaginației, vede intrând trei interlopi.

– Să moară familia mea, l-am văzut cum a intrat aici! spune unul dintre ei gâfâind de la efort.

– Așa se intră, dom'le, într-un magazin? urlă la ei tipa de la casă, trezită din plictiseală.

– Doamnă, noi suntem aici pe treabă. Căutăm un nene. Cam atât de înalt, coarne, furcă, roșu ca racu'.

– Mai mult ca o cireașă de mai... spune alt interlop și se alege cu un pumn în umăr.

– Taci, Coco!

– N-a intrat nici un bărbat aici! Mergeți de vedeți, spune femeia.

Interlopii se răspândesc prin magazin, unul ajunge și-n spatele lui Satana, dar nu îl recunoaște și îl ignoră, plecând spre cabinele de schimb.

– Bă, are ieșire prin spate magazinul! urlă unul dintre ei și ceilalți doi se înghesuie în spatele magazinului, ieșind toți trei pe o ușă care dădea în spatele blocului.

Uimită de cele întâmplate, vânzătoarea se apropie de Satana din spate.

– Vă vine, doamnă, să credeți, cât tupeu? Ce nesimțire?

Satana se întoarce brusc, cu peruca blondă fâlfâind și arătându-și fața și zâmbetul malefic.

– Deci, se poate plăti cu cardul?

Vânzătoarea cască ochii mari și leșină peste un morman de pulovere la superofertă. Satana se duce spre ieșire, trecând prin fața unei oglinzi în care își surprinde reflexia. Se oprește o secundă, admirându-se și aranjându-și peruca mai bine.

– Ptiu, drace! Îmi place mie să mă îmbrac de la Prada, dar chiar îmi stă bine în orice.

Dumnezeu aleargă printre mașinile dintr-o parcare, încercând să stea cu capul plecat, cât să nu fie văzut. Răducu, însoțit de patru interlopi, cutreieră prin parcare. La un semn, de undeva dintre blocuri încep să se audă clopotele puternice ale unei biserici, fix în momentul în care Dumnezeu își surprinde reflexia în geamurile fumurii ale unei dube. În spatele lui, parcă spintecând norii, se întrevede crucea din vârful turlei unei biserici.

Și atunci Dumnezeu înțelege. Soluția a fost mereu aceeași! Ce a încercat să-i dovedească lui Satana este exact ce trebuie acum să-și dovedească singur. Iese din spatele mașinii, luminos, cu brațele deschise, cu clopotele cântând pe fundal.

– Fiii mei, haideți să facem pace! Discordia asta între oameni nu a dus niciodată la ceva bun. Sigur vreți să ne spunem ofurile unii altora și să găsim o soluție împreună, spune El pe un ton cald.

Interlopii se uită unul la celălalt ascultând cu privirile goale vorbele Domnului. Într-o clipită sar pe el și îi înfășoară un sac pe cap. Răducu se apropie lovindu-se mulțumit în palma stângă cu o bâtă pe care o strângea în pumnul drept.

– Ia uite ce avem noi aici! Albinosule, unde e ălălalt? Mmm?

– Cum ne-ați găsit tocmai în Cluj? se aude înfundată vocea Domnului.

– În țara asta nu există „cum?“, bă! Există doar „cât costă?“ Dacă ai bani și relații, găsești oriunde, pe oricine, oricând și oriunde.

– Ai zis oriunde de două ori, șefu'!

– Taci, Miki! se aude Răducu enervat, după care scoate telefonul: Ce face băieții? Noi l-am prins pe ăla mai urât.

De sub sacul de pe capul lui Dumnezeu răzbate un murmur de protest. Răducu îi dă înainte , împungându-l pe Dumnezeu cu capătul mai gros al bâtei.

– L-ați prins pe fraierul ăla? Băga-mi-aș! Nu-i nimic, lasă, că-l avem pe ăsta îmbrăcat în moaște, ne duce el la satanistul ăla roșu.

Satana însă pândea de după colț și aude toată discuția, în continuare deghizat în domnișoară. La scurt timp, vin și ceilalți interlopi, care îl pe Dumnezeu într-o mașină și duși au fost. Diavolul îi urmărește cu privirea, nemulțumit totuși de cum au decurs lucrurile. Din spatele lui se aude însă o voce familiară.

– Sărut mâna! Aveți un minut să vorbim despre Domnul nostru...

Atât apucă să spună Mario până când se întoarce Dracul. Îi recunoaște pe apostoli și face ochii mari.

– Iarăși voi? se miră el plictisit.

– Unde-i Domnul nostru? întreabă Damian.

– Domnul vostru e cu alți domni. L-au luat mai devreme în mașina lor. Nu-mi dau seama care sunteți mai enervanți, voi sau ei.

– Poate ar trebui să ne rugăm? spune Mario.

– Nu, clar voi sunteți mai enervanți! se decide Satana.

– Ai reținut numărul, Drace? întreabă Nicholas.

– Hei, hei! Domnule Drac, că nu ne tragem de șireturi. Notează acolo, zice Satana.

Nicholas ascultă numărul, trimite niște mesaje de pe telefon, se duce puțin mai încolo pentru câteva apeluri și în scurt timp se întoarce încântat.

– Gata, l-am găsit, zice el mândru.

– Așa repede? întreabă Dracul.

– Tu te-ai uitat vreodată pe Facebook să vezi câte secte religioase sunt? Șapte din zece oameni fac parte dintr-o comunitate de enoriași, vedem absolut tot.

– Dacă tu zici... Deci știi cum să ajungem la Doamne-Doamne? Și nu mă refer cum ajung bunicii acolo, adică dacă ai o adresă.

– Normal!

– Păi hai să mergem să-l găsim.

– Stai, stai, stai! intervine Mario. Mai întâi să facem planul, spune acesta frecându-și mâinile.

Apostolii scot o coală mare de hârtie și o așază pe Volkswagenul cu care au venit, iar Mario alături de Satana trasează planuri complexe pe ea, exact ca în *Italian Job* când se pregăteau ăia să jefuiască banca. După câteva zeci de minute de schițe și propuneri, aceștia reușesc să ajungă la o concluzie agreată de toată lumea. Se înarmează cu icoane și credință, Satana își pregătește furca lustruindu-i țepii cu o cârpă uscată și sunt gata de plecare.

– Păi și încăpem cu toții în Passatul ăsta? întreabă Dracul.

– Nici nu se pune problema. Când vine vorba de salvarea Dumnezeului nostru, totul trebuie făcut ca la carte, răspunde Mario.

O muzică de cor bisericesc umple parcarea, ca o ceată de îngeri care cântă din văzduh. Dintre două camioane parcate, apare, parcă cu încetinitorul, o dubă neagră însemnată cu o cruce mare pe fiecare parte, geamuri fumurii și iconițe în bord. Duba pare să plutească, mulțumită unor capace de roți șmechere, care se învârtesc în sens invers. Un stol de porumbei zboară pe deasupra dubei, fiecare în cioc cu o crenguță de măslin. Manuel deschide geamul și le vorbește cu o voce groasă:

– Haideți, frații mei! A venit momentul să ne recuperăm Mântuitorul.

Satana îi privește oarecum impresionat și urcă în dubă alături de ei. Nu poate decât să admire perseverența acestora, chiar dacă nu e de acord cu habotnicia lor. Până la urmă, dacă pe ei asta îi face fericiți, cine o fi el să le spună că nu așa se trăiește viața.

CAPITOLUL 24

Dumnezeu știe doar că stă așezat pe un scaun, legat la mâini și la picioare. Și că în jurul lui sunt mai mulți oameni. Prin sacul negru de pe cap, aude unul dintre interlopii care l-au prins.

– Domnu' Răducu, dar nu putea oare șefu ăl' mare să închirieze un apartament ceva mai frumos? Ceva cu ferestre spre est, parchet de stejar, poate și cu terasă?

– În Cluj? se aude vocea lui Răducu. Coco, tata e în top 500 cei mai bogați oameni din țară, nu din lume! Nelu, ce-ți mai face nasu'? întreabă privindu-l pe celălalt malac.

– Bine, șefu'..., se aude o voce foarte nazală. Doare, dar trece. E a cincea oară când îl sparg.

– Hai să vedem dacă trebuie să-i spargem și lu' ăsta ceva sau ține la viața lui.

Sacul de pe capul lui Dumnezeu se ridică brusc. Acesta clipește des, încercând să se obișnuiască cu lumina din cameră. Se află undeva într-o garsonieră neîngrijită, cu pereții scorojiți, cu mobilă veche și plină de praf. Din tavan atârnă un bec, singura sursă de lumină din cameră. Peste geamuri sunt lipite bucăți mari de carton, probabil cutii de pizza reciclate.

În fața lui, pe alt scaun, stă Răducu agitând de zor o cheie franceză. De jur împrejurul lor stau răsfirați interlopii. Unul dintre ei are câte un șervețel înfipt în fiecare nară, un cucui serios în cap și o privire de ură pură. Răducu se întoarce spre interlopul accidentat când vede că Dumnezeu se uită la el.

– Așa, dacă nu ne spui unde e prietenul tău, o să-l las pe Nelu să se răzbune cum trebuie pe tine.

– În ce fel sunt eu responsabil pentru rănile lui? Eu nu mi-aș răni niciodată copiii.

– Tu să taci! se răstește Răducu. E rănit de la frâna aia pe care am pus-o când v-am văzut pe voi! Deci tot voi sunteți de vină, s-a înțeles?

– De vină este faptul că nu purta centură...

– Mă, taci? Acum, vorbește! Ca să nu ajungem la metode de convingere!

– Știi că e păcat să torturezi oameni, fiule? întreabă Domnul. Căiește-te acum și vino spre...

– Gata, cearceaf boțit! Te mai întreb o dată! Unde dracu' e prietenul tău cu coarne false care mi-a luat gagica?

– Îmi pare foarte rău că ți-a luat iubita, cea cu care sper că nu ai întreținut acte intime înainte de căsătorie, dar să știi că alea nu sunt coarne false. El chiar e Satana, îi răspunde Dumnezeu.

– Da, mă, exact! Și tu ești Dumnezeu, intervine unul dintre interlopi râzând.

– Păi, da. Chiar Dumnezeu sunt!

– Mhm, sigur! Păi dacă erai Dumnezeu cu adevărat te puteam ține noi aici legat, bă? Dacă erai chiar El, dispăreai, ne trăsneai sau măcar apărea pe loc cineva să te salve...

În clipa aceea un zgomot ciudat îi face pe toți să-și întoarcă privirile în spate. Cineva încerca să spargă ușa de la intrare, dar nu se aude decât o bubuitură și un „Auuu!!!! Cred că mi-am rupt umărul" din afară.

– Ți-am zis eu că nu merge ca în filme, adaugă o altă voce din exterior.

– Hai să încercăm altfel, fătălăilor! Și Mario zboară aruncat prin ușa garsonierei.

În cadrul ușii se vede Satana cu furca ridicată într-o poziție de luptă. Pășește ușor înăuntru. Mario se ridică și împreună cu ceilalți unsprezece enoriași se strâng eroic în spatele lui Satana, așezându-se lângă el ca o mică armată.

– Eii, acum putem să purtăm un dialog cu toții, zice Dumnezeu și împreună vom ajunge la o...

Nici nu apucă Domnul bine să-și termine propoziția că interlopii sar pe credincioși, iar între ei se iscă o bătaie generală. Satana evită un pumn și un scaun care zboară pe deasupra capului său și se târăște în mâini și genunchi până lângă scaunul lui Dumnezeu, începând să-i dezlege mâinile.

– Ia zi, Doamne, o trimiți și tu pe Antonia în Iad pentru treaba asta? Măcar un weekend, spune Satana.

– Taci din gură și dezleagă-mă că-i numai vina ta!

Nu termină bine Dracul să dea la o parte funia care-l ținea captiv pe Dumnezeu, că apostolii îi snopesc în bătaie pe interlopi, care rămân la pământ aproape plângând.

– Uau! Uite ce puternici sunt copiii mei atunci când sunt mânați de credință, spune Dumnezeu mândru.

– Normal că au forță în brațe, răspunde Satana, Tu știi câte uși trebuie să împingă atunci când li le închid oamenii în nas?

– Hai, Doamne, să plecăm, zice Damian, până nu se dezmeticesc ăștia.

Îl ajută pe Stăpân să se ridice și ies din cameră. Pleacă toți, ocolindu-i pe interlopii care încă zăceau semiinconștienți pe podea. Când ies pe scara blocului, Satana șoptește:

– Doamne, ferește!

O cheie franceză zboară către Dumnezeu și-l ratează la milimetru, lovind zidul din spate. Răducu vede că a ratat și fuge pe scări coborând câte trei trepte deodată. Câțiva apostoli dau să fugă după el, dar Dumnezeu îi oprește.

– Lăsați-l, sunt sigur că azi și-a învățat lecția! Îl iert pentru tot.

– Cum probabil face ANAF-ul cu taxele lui taică-su, spune Satana.

– Tu să taci! se enervează Dumnezeu. Așa mă faci tu atent? Șoptești „Doamne ferește“?

– Să zici mersi, puteam să nu spun nimic, pufnește Satana ridicând din umeri.

Ies cu toții din bloc și merg spre duba apostolilor. Dumnezeu o vede și rămâne surprins.

– Ce este... mașinăria asta?

– Doamne-mobilul, Doamne! a râs Satana. Dacă scoți crucile de pe laterale, desenezi niște flăcări și o înmatriculezi pe Bulgaria, chiar nu m-ar deranja să o iau la o tură prin Iad.

– E bine fix așa cum e, răspunde Dumnezeu, urcându-se în dubă.

Toată adunarea se bagă în Doamne-mobil, care iese din parcarea dintre blocuri.

– Încotro, Domnul meu? întreabă Mario.

– Cred că o să merg pe mâna voastră, copiii mei. Mai bine vă las pe voi să alegeți fiindcă voi știți mai bine decât mine unde e de mine.

– Cam ce îți dorești, Doamne?

– Vreau să merg într-un loc unde ceea ce e sfânt și bun este apreciat, răspunde el.

– Știu exact locul potrivit, îi zice Mario decis. Să ne rugăm, dragii mei!

Apostolii încep să spună rugăciuni, sub privirea atentă a Domnului. Satana se plictisește, dar nu are ce face, trebuie să le suporte, sperând că nu vor dura foarte mult. Mario e la volan și se bucură de ceea ce aude, iar mașina se pierde pe străzile neasfaltate din România. Are să fie un drum lung, numai bun pentru puțină odihnă după toate întâmplările de astăzi. În afară de șofer și de Satana, toți au închinat steagul încet-încet, unul după celălalt, iar chipurile lor mulțumite se văd în bătaia luminii difuze din dubă. Singura mică problemă fiind că, fără să știe ei, la câteva mașini în urma dubei lor, o mașină 4x4 neagră, cu un far spart și capota șifonată, le copiază toate mișcările de câteva zeci de kilometri.

Noaptea trece pe nesimțite. Lumina caldă a dimineții se luptă să intre prin geamurile fumurii ale Doamne-mobilului. Satana îl privește pe Dumnezeu cum sforăie.

– Doamne! Scoală, c-a venit lăptăreasa! strigă Satana zgâlțâindu-l pe Dumnezeu, care se trezește brusc, tresărind.

– Haha! râde ironic Dumnezeu, dezmeticindu-se cu greu. Tu de ce nu dormi, diavole?

La care Satana răspunde misterios:

– Știi că răul nu doarme niciodată.

– Ce face? spune Mario, de la volan. Acum cinci minute sforăiai și vorbeai și-n somn.

– Și cam ce spunea? întreabă Dumnezeu curios.

– Cred că visa că e cu una, Emily. Dar, Doamne, te rog să nu mă pui să repet ce făceau.

– Nici în vise nu mă lasă-n pace femeia asta?! se enervează Satana.

– Ți-a intrat cumva la sufletel? întreabă Dumnezeu zâmbind.

Apoi zâmbetul se transformă într-o încruntare când se uită în jur și vede că toți apostolii lui, care încă dorm, sunt pictați cu markerul pe față cu diverse semne și mesaje obscene. Sunteți murdari, spune el nemulțumit.

– În fața ta, toți suntem murdari, îi răspunde Mario de la volan. Dar ne rugăm să ne cureți tu de păcate.

Satana pufnește.

– Cred că se referă la faptul că ai desenată pe frunte o mare p...

– Da! îl întrerupe Dumnezeu. Aveți chestii pe față, le spune credincioșilor făcându-i să scoată telefoanele și să pornească camerele.

– Care-a fost, mă? întreabă Nicholas furios.

Bineînțeles că toți ochii se ațintesc spre Satana.

– Cine, eu? Sub nici o formă, doar mă vede Dumnezeu, se apără el. Nu v-ați gândit că poate autorul e singurul dintre voi care e nepictat?

Toți se uită spre Manuel.

– Ce? zice el năuc.

– Manuel, eram sigur! Tu ai cerut să-ți schimbi numele în Iuda. O să plătești pentru asta! țipă Damian.

– Și cum îi pedepsim noi pe cei care păcătuiesc? întreabă Dumnezeu.

– Îi ardem pe rug, ca în Evul Mediu, răspunde Damian zelos.

– Nu, nu, nu! Îi arătăm unde a greșit ca să știe să nu mai facă pe viitor, îl corectează Domnul.

– Aaa...

– Deci, cum spui, Damian?

– Nu-i frumos, Manuel, cere-ți iertare... zice acesta dezamăgit de abordarea Domnului.

– Dar n-am fost eu, am adormit primul, se apără Manuel.

– Bărbați mincinoși, zice Betty din spate.

– N-au cam multe drepturi, Doamne? întreabă Manuel. Adică... doar zic... E OK că votează, că muncesc, dar... păreri? Nu-i cam mult să aibă și păreri?

Dumnezeu îl privește nervos.

– Doar zic… am auzit și eu la alții, dar eu n-am treabă, mie-mi convine, se repliază Manuel.

– Haideți să îl iertăm și să trecem peste, intervine șoferul. Tot așa a rămas regula, nu? Noi mergem după alea de acum două mii de ani…

Dumnezeu încuviințează mulțumit.

– Priviți acolo, spune Nicholas, arătându-le pe geam o mulțime mare din fața unei biserici.

Dumnezeu și Satana se trag mai în față, spre Mario și privesc în față cu ochii mari.

– Să fiu al dracu'! Mă rog, al meu, zice Satana. Ce e acolo, Untoldul?

– E pelerinaj, răspunde Mario mândru.

– Sfântă Fecioară! se miră Dracul.

– Sfântă Parascheva, de fapt, îl corectează Damian.

– Ce frumos că oamenii o sărbătoresc pe Para, zice Dumnezeu.

– Para? se miră Mario.

– Așa o alintăm noi în Rai. Dar stați un pic, nu era în octombrie, pe 14, sărbătoarea ei? întreabă Dumnezeu mirat.

– Ba da, dar fiindcă vin foarte mulți oameni la moaștele ei, anul ăsta a decis BOR-ul că face un pelerinaj și pe timp de vară.

– Aa, Summer Edition cum ar veni, glumește Satana. Mișto ideea, era păcat să fie doar o dată pe an. Unde-s mulți oameni, sunt și mulți bani, nu Doamne?

– Nu e vorba de bani, e vorba de credința românilor. Putem să mergem puțin printre ei și să ne bucurăm de rugăciune?

– Adică de niște poezii spuse timp de o oră după ce au înjurat, bârfit și păcătuit toată săptămâna? întreabă Dracul.

– Le spun din suflet, drace, ca să se căiască pentru păcatele comise cu sau fără voia lor. Haideți, o să ne prindă bine puțină contemplație.

Dumnezeu, împreună cu cei doisprezece credincioși, iese din mașină și se îndreaptă încântat spre mulțime. Satana își târăște plictisit corpul și furca în urma lor.

CAPITOLUL 25

Ceaușescu intră furios în biroul lui Satana, însoțit de Elena, soția lui, și de Eva. Eva aleargă direct la oglinda de pe birou și, cum a făcut cu fiecare oglindă de când Ceaușescu s-a ținut de cuvânt, își admiră noii sâni și noul decolteu.

– Cred că o să-i placă lui Satana când se întoarce.

– Nu va fi bine primit înapoi! Iadul are nevoie de un președinte, nu de un rege! Și ce dracului urlă oamenii ăia sub balconul meu?

– „Jos Ceaușescu!" spune Elena și deschide ușa, să se audă mai clar urletele mulțimii.

– N-are nici o logică... unde pot să mă duc mai jos de Iad?

– Nicule, i-au pus agenturili străine. Nu-i asculta! Sunt doar o mână de golani, spune ea și închide la loc ușa către balcon.

Eva se uită la cei doi cu o privire vicleană. Gândurile îi sunt pătrunse de sentimente de trădare pe care și le amintea și din alte vremuri. „Oare pot să apar eu la televizor ca salvatoarea Iadului, după ce-l dau jos pe nea Nicu? Îmi iau și puloverul roșu de lână pe mine", își spune ea zâmbind.

– Poate că ar trebui să ieșiți pe balcon, tovarășe! Să-i mai calmați un pic pe oameni, sigur o să asculte de conducătorul lor suprem, îl îndeamnă Eva.

– Ai dreptate, tovarășă Eva! Uite ce sfaturi bune dai, chiar nu-nțeleg de ce nu te place nimeni, îi răspunde el, iar Eva scoate limba la el când acesta îi întoarce spatele.

Noul președinte al Iadului iese pe balcon alături de soția sa. Când observă ce mulțime imensă de oameni stă în fața lor, nu le vine să creadă. Nea Nicu se înspăimântă puțin.

– Vezi? O nimica toată, zice Elena încercând să rămână calmă. Chemi și tu câțiva mineri și se rezolvă treaba.

– Bună asta cu minerii, o s-o țin minte, poate o folosesc mai târziu, murmură Eva mai mult către sine.

– Alo! țipă Ceaușescu spre mulțimea furibundă. Alo! Tovarăși!

– Liniște! adaugă Elena.

– Așezați-vă liniștiți la locurile voastre...

În mulțime sunt o grămadă de oameni necunoscuți care au ajuns în Iad și au fost osândiți la pedeapsă eternă, dar printre ei se disting și unii pe care îi putem recunoaște cu ușurință.

– Ai luat tot de la noi, „mei gomunistule“ ! urlă Osama bin Laden, cu accentul lui specific. Îmi mor teroriștii de foame, în loc să moară detonați, cum le place lor. Jos „Geaușescu“! Huooo!

– Huooo!! urlă de lângă el torționarul Vișinescu. Am bătut oameni pentru tine și am ajuns în Iad, iar tu nici măcar o promovare nu mi-ai dat. Jos Ceaușescu! Jos Ceaușescu!

– Nu se mai găsesc droguri în alimentare! Trebuie să le cumpăr pe cartelă, nu pe cartel, cum îmi place mie, zice Pablo Escobar de undeva mai din spate. Jos Ceaușescu!

„*Nein! Nein! Nein!* Eu i-aș fi calmat în *nein minuten...*“, își zice Hitler în gând, observând din balconul lui ce se petrece. Ceaușescu se uită panicat la mulțime, iar Elena încearcă să-l calmeze.

– Unde-i elicopterul? întreabă el. Să vină elicopterul!

– Suntem în Iad, Nicule, nu avem așa ceva, îi răspunde dezamăgită.

– Huooo!! Comunistul dracului! urlă și Vadim din mulțime.

– Tot bipolar tovarășul Corneliu, constată Ceaușescu.

– Mai e o singură soluție, Nicule, îi spune ea cu jumătate de gură.

– Care, Lenuțo? întreabă el plin de speranță.

Elena îl privește în ochi, se apropie de el cu brațele deschise și îl împinge de pe balcon. Când aterizează, mulțimea sare direct pe el. După ce îl capturează, îl leagă fedeleș de mâini și de picioare și îi pun un căluș în gură, ținându-l ca pe un trofeu și ridicându-și mâinile în aer, în semn de victorie. Dintr-odată toți încep să țipe spre balconul de unde a căzut președintele. "Elena! Fraților! Ne-a scăpat de dictator!", "Elena! Fraților! Ne-a scăpat de dictator!" Aceasta îi privește mândră și le face semn cu mâna în timp ce ei îi strigă numele din ce în ce mai tare.

– A dracu' treabă, nu mi-ar fi venit ideea asta și în '89, spune Elena, bucurându-se de ovații. Poate nu mai ajungeam aici... apoi, după ce stă o secundă să se gândească, adaugă: ... așa de repede.

Lângă toate figurile cunoscute care țipau în mulțime se află și Michael Jackson care doar gesticula, fără să țipe nimic. Osama îl observă, dar nu are curaj să îl abordeze, nefiind sigur că e chiar el, așa că îl înghiontește pe Escobar.

– Pablo, băiatul ăla cu păr lung, haine lucioase și o singură mănușă e chiar Michael Jackson? întreabă el.

– Nimeni altul, îi răspunde columbianul.

– Pe bune? Păi de ce în Iad?

– Eh, știi tu... discuțiile alea cu copiii, răspunde rușinat.

– Aa, am înțeles. Păi și-atunci de ce nu țipă și el alături de noi?

– Fiindcă nu are cum. Vocea lui e în Rai, zice Escobar ridicându-și din nou brațele în aer.

CAPITOLUL 26

În drumul lor spre evlavioșii pelerini, Dumnezeu și Satana văd o mașină de lux asemănătoare cu cea a interlopilor care l-au răpit pe prea bunul nostru Tată. Aceștia se sperie pentru moment, însă atunci când mașina se oprește, ies din ea doi preoți. Dumnezeu și Satana răsuflă ușurați. După nici zece minute de mers pe jos, cei doi ajung la mulțimea pe care o admirau mai devreme.

– Aoleu! Aoleu! țipă o femeie în vârstă cu un batic negru pe cap. Mi-a dat cu cotul în operație. Dă-te, Niculino, că-s femeie bolnavă, dar-ar trăsnetul în tine! a țipat. Apoi se îndreaptă spre biserică și începe să-și facă cruce. Doamne-ajută-ne pe noi, oamenii buni!

– Dar nu vă mai împingeți, mamă, că este loc pentru toată lumea, țipă Niculina către mulțime. Mi-a luat locul, aoleu, săriți! Hoții mi-au luat locul, începe ea să urle către un bărbat din fața ei. Ptiu, bată-te crucea să te bată!

Dumnezeu merge flancat de apostoli de parcă ar avea bodyguarzi, iar Satana încearcă să-și găsească și el loc pe lângă ei.

– Mamă, păi ăia de la concertele rock sunt mielușei, față de ce-i aici, spune Dracul surprins de scandaluri.

– Ei, fiecare pădure are uscăturile ei, răspunde Domnul. Sunt vreo doi–trei oameni aici în spate mai nerăbdători, restul se roagă pioși.

– S-ar putea asta să fie o pădure de uscături, Doamne! Se împiedică de o sticlă de plastic abandonată pe jos. Doamne, tu ești cum ești, dar fanii tăi...

Făcându-și loc printre oameni, reușesc să ajungă în față. Acolo observă cum oamenii din primul rând lovesc jandarmii și împing barierele, ca să poată ajunge la raclă.

– Ia uite, Doamne, se roagă credincioșii, spune Satana ironic. Se roagă să facă jandarmii cârcei ca să-i jertfească întru numele Tău probabil. Mă duc să mai văd care-i treaba pe-aici că începe să-mi placă în pelerinaj, zice el pierzându-se prin mulțime.

– Ce frumos cântă duhovnicii aceștia, le spune Dumnezeu celor doisprezece prieteni noi.

– Da, au har de la... Tine, nu? îi răspunde Nicholas.

– Dar acolo ce e? întreabă Domnul arătând spre un cazan de lângă preoți.

– Apă sfințită, Doamne, îi zice Damian.

– Sfin... Păi cine a sfințit-o?

– Preoții, răspunde Mario.

– Preoții? Prin ce mijloace?

– Se pune busuioc în ea și se spune o rugăciune, cred, zice Betty confuză.

– Busuioc? Ciudat, nu am scris asta în nici o poruncă, din ce-mi aduc aminte. Nici măcar în vreo rețetă.

Nici nu apucă se termine acest gând, că Dumnezeu îl vede pe Satana cocoțat pe cazan, bând apă cu mâinile din el. Începe să-i facă semne disperate să se dea jos exact ca un părinte care se simte făcut de rușine în public de către copilul său.

– E rece, da. E foarte bună, hai să bei și tu! Mi-e sete de la Cluj, Doamne, îi răspunde Dracul fără să priceapă semnele Tatălui.

Dumnezeu face mişcări din ce în ce mai largi şi mai ostentative către Satana, dar acesta nu înţelege sau, mai degrabă, se face că nu înţelege îndemnurile. Dumnezeu se îndreaptă spre cazan împreună cu apostolii. Când ajunge mai aproape îi strigă cât să-l audă cât mai puţini oameni.

– Dă-te jos, obrăznicătură!

– De ce? Nu e de băut? întreabă demonul inocent. Şi începuse să-mi placă apa...

– E sfinţită, domnule, intervine omul responsabil cu aghiasma. E de dus acasă. Şi vedeţi că nu aveţi voie cu costumul ăla aici, nu se cuvine.

– Ascultă-l pe domnul şi dă-te jos, zice Dumnezeu.

– Atunci dă-mi şi mie două sticle, să am la mine, răspunde Satana în timp ce se dă jos dezamăgit.

– Sigur! 20 de lei.

– Comisionul tău, Doamne? Atâta costă apa caldă pe o lună în Călan, judeţul Hunedoara, zice Dracul.

– Dar e sfântă, copile. Şi e apă. Toţi oamenii au dreptul la ea gratuit, intervine Domnul.

– Nu ştiu, pentru plângeri, reclamaţii sau propuneri de campanii, vorbiţi cu şeful.

– Cine e şeful tău, fiule? întreabă Dumnezeu.

– Părintele de-acolo, răspunde vânzătorul arătând spre un preot îmbrăcat în straie de aur.

– O să-i ascultăm predica şi mai apoi o să vorbesc cu el, spune Dumnezeu în timp ce oamenii se îmbulzesc la raclă.

– Ia uite, Doamne, cred că dau şi tigăi gratis acolo, zice Satana.

– Chiar, dragii mei copii, îmi spuneţi şi mie de ce se agită atât de tare oamenii pentru...

– Pentru o cutie cu unghii și genunchi putrezite de 1 500 de ani, vrei să zici? îl întrerupe Satana.

– Vezi cum vorbești, Drăcovenie, că vorbești de Sfânta Parascheva, spune Damian contrariat.

– Mda, nu e Sfânta Parascheva acolo, zice Dumnezeu tranșant.

– Bine, nu toată, dar e ceva din ea, a încercat Mario să-l corecteze.

– Nu e nici măcar o rudă de gradul 3, întărește Domnul.

– Vrei să spui că în mormânt nu e Parascheva și că oamenii se roagă degeaba? întreabă Manuel confuz.

În clipa aia mulțimea din jurul lor încremenește, murmurul încetează și toți își întorc privirile deloc prietenoase către Dumnezeu, de parcă toate sutele de oameni l-ar fi auzit în același moment.

CAPITOLUL 27

Enoriașii Îl privesc încruntați. Mulțimea se strânge în jurul lor din ce în ce mai tare și îi împing aproape de zidul bisericii.

– Care din voi zice asta? întreabă o babă acră, strângând din proteză.

Satana arată subtil spre Dumnezeu, luându-și povara de pe umeri.

– Blasfemie! Huo! țipă ea cât o țineau plămânii.

– Vrei să spui că moaștele făcătoarei de minuni, Sfânta Mare Mucenică Parascheva, nu există? întreabă o altă doamnă în etate agitând o sticlă de cola plină cu aghiasmă.

– Nu, nu... Nu spun că nu există, copilă, se apără Dumnezeu.

– Doar că nu sunt aici, completează Satana.

– Drace, nu mă ajuți, îl ceartă Domnul.

– Și chiar dacă ar fi aici, ar fi la fel de inutile, se corectează Dracul. E bine așa, Doamne?

– Inutile? Inutile, păgânilor? țipă o femeie ridicându-și toiagul spre ei. Și cum explici că m-am vindecat de răceală anul trecut după ce le am atins?

– La o săptămână după? întreabă Necuratul.

– Exact la o săptămână după! răspunde ea ridicându-și privirea spre cer. Doamne, Tată Ceresc, mare ți-e puterea și slava!

– Nu te uita în sus! E aici. Uită-l, băbăciune, răspunde Satana arătând spre Dumnezeu. Ce-i drept, mai rar oameni care se vindecă de răceală după o săptămână, nu?

Apostolii, la rândul lor, sunt înconjurați de mulțimea furioasă de fanatici.

– Pe voi parcă v-am văzut cu ei. Sunteți cu ei, nu? întreabă un bărbat.

– Aa, nu... Doar în trecere, nu-i cunoaștem, răspunde Luis.

– Și ne-a zis gangsterul că ăla e Petru al lor. S-a lepădat, na! zice Satana.

O altă babă se împinge mai în față prin mulțime.

– Mie mi-a venit copilul din Italia după ce am pupat moaștele Sfintei Parascheva!

– Minune curată, Doamne! I-a făcut Parascheva *check-in*-ul la Wizz Air, i-a făcut bagajul și l-a luat și de la aeroport! zice demonul în timp ce mulțimea nemulțumită de habotnici îi încolțește pe cei doi la peretele bisericii.

– Uite ce-ai făcut cu gura aia spurcată, îl ceartă Dumnezeu.

– Stai *chill,* Doamne, mai nasol era dacă veneau să te pupe babele astea. Așa e floare la ure...

Peste murmurul a sute de voci șocate se mai distinge una, și mai furioasă.

– Ia uite-i, mă, pe bulangii!

Prin mulțime își fac loc Răducu și prietenii lui interlopi de care abia ce-au scăpat în Cluj. Unul dintre ei rostește timid:

– Șefu', dar ăla e un termen atât de ofensator... însă Răducu se întoarce la el cu o privire care spunea „Taci, Coco!"

– Ne-ați urmărit? întreabă Domnul.

– Ați mers cu limita de viteză, circarilor! V-am urmărit, v-am depășit și v-am și așteptat, răspunde copilul arogant.

– Ei, vezi acum ce nasol e să fii urmărit, Doamne? Așa cum le zici tu oamenilor că „te vede Dumnezeu" orice ai face.

– Haideți să o dăm la pace, copii. O să-și ceară el scuze pentru ce a făcut, zice Domnul arătând spre Satana.

– Gura! Mi-ați stricat vacanța, de două zile umblu după voi. Nu dă nimeni la nici o pace, țipă Răducu cu voce gâtuită.

– Ee, mare lucru, Doamne! Luăm bătaie de la câteva babe și niște interlopi, zice Satana. O să râdem la bătrânețe când o să ne-amintim de asta.

Răducu scoate un pistol din buzunar, iar toți cei din jurul lor înmărmuresc apoi se trag înapoi într-un cerc larg.

– Uo! Uo! Uoo! Nu e creștinește să recurgem la așa ceva, zice Dumnezeu speriat.

– Băi, mă lași odată cu pildele tale? urlă copilul. Zici că ești bunică-mea.

– Doamne, te-ai întrebat vreodată ce se întâmplă când mori? șoptește Satana.

– Cum adică? Știm amândoi. Mergi în Rai sau în Iad.

– Nu, nu oamenii! Ce se întâmplă când mori TU! Dacă e să fiu sincer o dată-n viață… Nu cred că pistolul ăla o să te trimită acasă.

– Ia să vedem, continuă Răducu ridicând pistolul și plimbându-l de la unul la altul. Alb... Roșu... Alb... Roșu…

Dumnezeu închide ochii și murmură ceva.

– La cine te rogi, Doamne? Tu ești ultima instanță, îi spune Satana.

– Ah.. dacă nu renunțam la puteri… murmură Dumnezeu.

– AHA! Ai zis-o! Tananananana, ai zis-o! Ai pierdut! Ai pierdut! Cine a pierdut? Tu ai pierdut!

Satana începe să danseze ignorând total pericolul. Interlopii și Răducu se uită confuzi la el.

– De asta îți arde ție acum? tună Dumnezeu.

– Îmi arde mereu, doar sunt cine sunt. Dar important e că... Cine a pierdut pariul? Tu ai pierdut pariul!

– N-am pierdut, e o situație excepțională.

– Să mor eu, Doamne, niciodată nu te ții de cuvânt, nu-i corect!

– Tu vorbești de cuvânt, împielițatule? Tu care mi-ai stricat vacanța și nu m-ai lăsat deloc să mă bucur de ea?

Răducu și interlopii se uită în continuare încurcați la sceneta din fața lor.

– Da, ce mai vacanță, ce să-ți povestesc... De parcă te-am ținut cu forța lângă mine! replică Satana. Mereu ești nemulțumit și mă scoți din sărite cu asta.

– Lasă-mă cu reproșurile, de parcă ai fi tu perfect. De când am ajuns aici, numai prostii faci!

– Alooo!!!! strigă Răducu. Fac o amenințare aici! zice el agitând pistolul.

– O secundă, răspunde prompt Satana. Trage la sorți pe care împuști primul până terminăm noi aici. Deci Doamne, pariul e pariu, ai pierdut, asta e!

– Știți ceva? zice copilul. M-am decis, o să trag cu ochii închiși numai să nu vă mai aud.

Dumnezeu și Satana se panichează, când deodată…

– HEI! se aude un strigăt feminin.

Toată mulțimea întoarce ochii către sursa strigătului. Emily, care a fost abandonată în gara din București, este acum cocoțată cumva pe racla cu moaște din Iași, fapt ce provoacă groază în publicul de habotnici.

– Iubireeee! strigă ea făcând cu mâna.

– Da, răspund în sincron Satana și copilul văzând-o.

Fata trece pe lângă mormânt, dar se dezechilibrează puțin și mută capacul raclei. Mulțimea îngheață.

– Știam eu că aici o să te găsesc! continuă ea. Și nici n-am venit singură! Sunt cu un domn care spune… mă rog, dă de înțeles că vă cunoaște. Îl cheamă Gelu și e foarte de treabă.

CAPITOLUL 28

Pentru că nu e chiar foarte înaltă și din acest motiv Dumnezeu și Satana nu o văd foarte bine printre oamenii adunați la pelerinaj, Emily se urcă pe racla Sfintei Parascheva, spre oroarea mulțimii. De acolo, îi face semne unui om să urce alături de ea, iar acesta o ascultă.

Lângă ea apare zâmbitor și surdomutul din tren. Rumoarea din mulțime crește, dar cei doi nu înțeleg ce anume fac greșit și nu bagă în seamă reacția oamenilor.

– Iubitule, ce bine că te-am regăsit! îi strigă Emily lui Satana, fără să realizeze pericolul în care se află în timp ce mulțimea se strânge în jurul raclei.

Surdomutul face niște semne.

– Spune că se bucură să ne vadă, zice Satana către Dumnezeu, care s-a uita confuz la el.

– TU știi limbajul semnelor?! se miră Cel Sfânt.

– Păi, normal. Trebuie să știi când înjură oamenii. Cu vorba, cu gândul sau cu mâinile.

– Ce deștept ești, Săti! Domnul ăsta mi-a zis... mă rog, mi-a scris pe o foaie că a luat ceva de la voi din greșeală. Și a venit cu mine, să vă găsească, pentru că el n-ar fura niciodată și că e plin de mușcări. La care surdomutul scrie ceva într-un carnet și i-a arătat fetei. Pardon, remușcări! s-a corectat Emily.

Dumnezeu îl privește mândru pe Satana.

– Vezi, împielițatule? Românii onești și cu bun-simț!

– Da, da, sigur. Avem doar o mică problemă, că e surdomut. Deci, de unde știm noi că e român?

– Păi... scrie în română, nu?

– Ah, OK! Deci dacă eu scriu „*Oh My God*", sunt englez de douăsprezece generații, nu?

Dar Dumnezeu nu-l ascultă.

– Spune-i să ni le arunce, zice Domnul, sub privirea întrebătoare a lui Satana. Fă-i semn să ni le arunce, se corectează Tatăl.

Interlopii și habotnicii se uită când la Dumnezeu și Satana, când la Emily și la băiatul surdomut din tren.

– Zice că... mă rog, n-a zis... Cică nu le are la el, că le-a lăsat în mașină. Se duce după ele și se întoarce imediat, spune Emily spre stupoarea celor doi.

– Bun, acum putem să ne continuăm treaba și-apoi mă-ntorc și eu la fata mea, concluzionează copilul trimițându-i o bezea lui Emily.

Dumnezeu și Satana închid ochii în așteptarea momentului fatidic. Răducu apasă trăgaciul, iar din pistol iese... o flacără de brichetă.

– Ce? Ce-i asta, bă? Ce mi-ați dat aici, maimuțelor? urlă el disperat către bodyguarzii lui.

– Șefu', ne-a zis tatăl dumneavoastră să nu vă dăm din astea de oameni mari, aveți totuși șaptișpe ani...

Răducu se înroșește la față, nervos, și îi atacă pe Dumnezeu și pe Satana. Mulțimea, văzând asta, prinde curaj și dă năvală peste cei doi.

– Păgânii!! Ateii!! urlă ei cu ură.

– Băi! Au adus și moaștele Sfântului Dumitru aici? OMG, e promoție azi? țipă Satana arătând spre partea cealaltă, încercând o diversiune.

Toată gloata de fanatici își întoarce privirea spre locul în care arată Satana, iar cei doi se fofilează printre oameni. Înaintând repede prin mulțime, Dumnezeu simte cum cineva îl apucă de braț și îi îndeasă în mână ceva. Se întoarce și apucă doar să-l vadă pe surdomut cum îi face șmecherește cu ochiul.

– Uite-i, încearcă să scape! se aude un glas furios din mulțime.

– Prindeți-i! strigă altcineva.

Deodată, Dumnezeu se ridică în aer, plutind deasupra tuturor oamenilor, aruncând raze peste mulțime. Norii se sparg peste înaltul bisericii și din văzduh se aude un tunet.

– De ajuns! ordonă el cu furie.

Toți oamenii de acolo rămân înmărmuriți, nevenindu-le să creadă ce văd în fața lor.

– Vă ghidați orbește după ce vă spun înalții prelați fățarnici! Condamnați ceea ce s-a întâmplat în urmă cu mii de ani, dar vă comportați la fel ca înaintașii voștri. V-am dat rațiune să gândiți singuri, nu să urmați turma cea mai numeroasă! Sfințenia nu stă într-o raclă sau într-o icoană, nici măcar în unele biserici. Sfințenia e peste tot unde există bunătate și iubire. A te ruga în curtea ta cu sufletul curat prețuiește mai mult decât sute de rugăciuni goale făcute ca să dea bine. Eu nu vreau ca voi să construiți temple imense și să-mi aduceți ofrande, ci să vă ajutați aproapele, să vă iubiți și să trăiți în pace și armonie. Nu mai judecați la orice pas și clădiți un suflet frumos, nu biserici de milioane de euro. Eu nu trăiesc în ele, trăiesc în voi!

Mulțimea îl privește cu evlavie, dar oarecum confuză.

– Deci... Doamne... Mergem în Rai dacă facem astea, de zici tu, cu aproapele și sufletul? întreabă timid unul dintre fanatici.

– Ce? Da, copile, mergeți în Rai, răspunde Tatăl.

– Deci, sigur-sigur, da? Adică nu faci caterincă, nu? încearcă el să se asigure.

– Sigur-sigur.

La auzul acestor cuvinte, toată ceata de oameni izbucnește în urale. O iubire colectivă îi cuprinde pe toți, se iau în brațe unii pe alții și fețele li se luminează.

– Îți rămân loial până la moarte, Doamne! strigă Luis fericit.

– Corect, că după moarte vii la mine, completează Satana trăgând cu putere dintr-un joint.

Răducu și interlopii sunt înconjurați de cei doisprezece apostoli și, speriați, cad în genunchi și rostesc rugăciuni.

– Și ne iartă nouă greșelile noastre, precum și noi iertăm greșiților noștri. Amin! Mai am? întreabă Răducu.

– Încă nouășpe și apoi începem cu Crezul, îi răspunde Damian.

Dumnezeu îl vede pe Diavol că fumează din gigi și vine de îndată lângă el.

– Stupefiante? Asta ai ales tu să faci imediat cum ți-ai recăpătat puterile?

– Stupe, ce? Cine mai zice în 2020 stupefiante? Ai vocabularul exact ca și glumele, adică foarte vechi, îi răspunde Dracul.

– Nu am glume vechi. De fapt, sunt cel mai amuzant la petrecerile din Rai.

– Ee, sunt și lingăi mulți pe-acolo. Cine a auzit vreodată să râzi la glumele șefului când nu sunt amuzante?

– Da? Da? I-auzi aici... Un rabin, un imam și un catolic intră într-un bar... spune Dumnezeu, în timp ce Emily apare lângă ei și sare de gâtul lui Satana.

– Iubireeeee!

– Hai că ți-l zic după aia, spune Domnul. Vezi ce faci cu fata.

– Stai fără grijă, Doamne! Sunt un îngeraș.

– Mda, până ai picat, a bombănit Dumnezeu.

– Mi-a fost dor de tine, iubire! spune Emily. Ce mă bucur că te-am găsit...

– Da, și eu. Dar apropo de asta, cum m-ai găsit? A trișat ăsta cumva și a făcut o minune?

Și Satana se uită suspicios după colegul lui.

– Eh, *baby*... am și eu trucurile mele... Ți-am instalat o aplicație pe telefon când eram în club ca să pot să știu mereu unde ești.

– Da? Ce tare! zice Satana un pic speriat în timp ce pe la spate scoate telefonul și, cu o singură flamă, îl preface în scrum.

– Dar nu mai contează asta. Important e că suntem împreună din nou, spune ea entuziasmată.

– Că veni vorba de împreună... Am tot vrut să-ți pun o întrebare încă din noaptea în care te-am cunoscut.

– Da, iubitule...

– Ești cumva gravidă?

– Poftim? Nu, răspunde ea confuză.

– Uite, nu vreau să te dezamăgesc... de fapt vreau, că-i meseria mea, dar... între noi n-o să meargă.

– Cum adică? răspunde Emily întristată.

– Cum era, mă? Aa... da, nu e vina ta, e vina mea. Asta e! Mereu am auzit-o pe Pământ.

– Dar ne iubim! Ce poate să ne împiedice să fim împreună?

– Păi să vedem... faptul că tu mori și eu nu, de exemplu? Draga mea, eu sunt un tip rău, comit fărădelegi, n-o să ai viață lungă cu mine. Vrei să fii măritată cu un bărbat care ajunge la pușcărie? Vrei să crești un copil singură? Vrei să ajungă niște bețivi drogați copiii noștri?

– Păi.. nu, răspunde ea speriată.

– Păcat, că eu aș fi vrut. Vezi, nu ne potrivim. Așa că, mai bine ne luăm rămas-bun și, dacă ești suficient de nenorocită în viața asta, ne vedem în aia de după.

– Dar... o să-mi lipsești, zice ea întristată.

– Mda, normal. Dar de fiecare dată când ți se face dor de mine, deschide Youtube-ul și intră pe *trending*, că acolo e lucrătura mea.

– Treci încoace, Satano! a țipat Dumnezeu din depărtare.

Dracul se îmbrățișează cu Emily și o ia la pas spre Tatăl lui.

Cei doi ies din curtea bisericii și pornesc încet pe marginea drumului.

– Și? Încotro? Ibiza? întreabă Satana.

– Vatican! răspunde Dumnezeu hotărât.

– Bleah! Facem un Bali înainte sau ceva? E mai ieftin decât aici la mare, ți-am mai zis.

– Vatican, și după aia mergem direct acasă.

– Dubai? Puțin așa... O noapte?

– VATICAN! țipă Dumnezeu. Am nevoie de un loc sfânt!

– Ooo, dar ce faci, schimbi echipa acum? Te dai pe papă?

– Toți oamenii sunt copiii mei, ți-am spus de atâtea ori doar!

– Da, dar vezi că papa ăsta e cu drepturile LGBT și alte din astea.

– Taci, drace!

– OK, OK, numai zic și eu. Dar să nu uităm pariul, totuși, da? Ți-ai dorit primul puterile înapoi, deci trebuie să-mi îndeplinești o dorință.

– Mbine, fie, răspunde Dumnezeu după o scurtă șovăială.

Satana îi șoptește ceva la ureche.

– Of, of! Am promis, am promis. Dar mai întâi lasă-mă o secundă, să rezolv ceva ce-mi stă pe inimă, spune Dumnezeu și dispare.

Dumnezeu apare lângă o casă sărăcăcioasă de la marginea orașului Constanța. În curte, îi vede trebăluind pe copiii care erau batjocoriți în haltă de asistentul lor social.

Dumnezeu împinge poarta și se apropie de copii. Din reflex, cel mai mic, nu mai mult de patru ani, întinde mâna, ca pentru a cere un leu unui necunoscut. Cel mare, un prichindel de zece ani, îl trage în spate și se pune între Dumnezeu și restul.

– Nu aveți ce fura de aici! spune cel mai mare.

– Nu sunt aici să fur, copile. Sunt aici să vă ajut. Unde e asistentul vostru?

– În casă. Dar nu-i bine să-l trezești din somnul de prânz, pentru nimic.

– Da, că ne bate, zice și cel mic, înfricoșat.

Dumnezeu se îndreaptă de spate, încruntat. Fără nici un cuvânt, merge prin curtea plină de gunoaie și intră în casă, închizând ușa în urma lui. Un moment mai târziu, se aude vocea groasă a asistentului, dar sugrumată de frică.

– Stai! Cine ești?! Ce faci?! Ce se întâmplă?! Nuuu!

O lumină orbitoare iese prin ferestrele cocioabei, prin horn și pe sub ușa închisă. Dumnezeu deschide ușa și iese din nou în curte.

– Da... Deci, hai să mergem, copii!

– Nu plecăm de aici cu un străin! răspund ei.

Dumnezeu a zâmbit către copii, radiind bunătate și încredere și arătându-le copiilor cine este.

– Vă voi duce într-un loc mult mai bun, unde veți fi fericiți.

– Și... el? întreabă puțin speriat cel mai mare. O să ne găsească.

– Ah, el nu vă găsește. El nu o să se mai găsească nici pe el.

Cei trei copii și Dumnezeu ies din curte.

– Ce i-ai făcut? întreabă curios copilul mijlociu.

– Hai să spunem că a apucat să mă cunoască cum eram pe vremuri, prin Vechiul Testament. Pe atunci iertam mai rar, pedepseam mai des. În weekenduri o să stea și el cu un asistent social, nu foarte de treabă, să vadă cum e.

– Ce asistent social?

– Eh... am eu un prieten roșcovan, zice Dumnezeu și pleacă la drum, împreună cu cei trei copii.

CAPITOLUL 29

La ultimul etaj al clădirii Raiului lumina e aprinsă în biroul lui Dumnezeu. Pe scaunul său directorial stă cocoțat Satana, cu picioarele pe masă, în timp ce fumează un trabuc și bea un pahar de whisky. Ceilalți sfinți stau în jurul lui, încremeniți și îl privesc total confuzi. Dumnezeu șade într-un colț, cu buzele strânse.

– Pariul e pariu, nu, Doamne? zice el mândru. Hai, frații mei iubiți, vorbiți între voi și decideți-vă care îmi aduce repede un măr. Cred că știe toată lumea din ce pom îl vreau, da?

După câteva parlamentări de nemulțumire, Parascheva se apropie de Satana și îi dă un măr roșu.

– Ah, nici o femeie nu-mi rezistă când vine vorba de mere, spune el. Mihail, Gavril, am stat și m-am gândit și am luat o decizie în ceea ce vă privește, care cred că o să vă placă mult.

– Aoleu, zice Mihail și aruncă o privire pierdută către colțul în care se retrăsese Dumnezeu.

– Știi cum vă faceți voi ziua împreună și mereu ești tu supărat pe treaba asta? Ei bine, am găsit soluția. De-acum înainte ziua ta, Mihăiță, NU o să mai fie pe 8 noiembrie...

– Vai de mine, nu pot să cred, frate. Eu mereu am știut că ai sufletul bun, chiar dacă tu încerci să pari altfel... Îți mulțumesc din suflet! spune Mihail fericit.

– N-ai pentru ce, Mișule! Deci, de azi înainte o să-ți sărbătorești ziua pe 30 ianuarie alături de Vasile, Grigore și Ioan, ca să ieșiți și mai ieftin la băutură.

– Poftim? spune Mihail șocat.

– Cu plăcere, frate! zice Satana fericit.

– Te distrug, bă, împielițatule! țipă Mihail sărind din scaun și venind furibund spre drac.

– Alo, alo! Termină cu prostiile astea, că eu sunt șeful tău până la finalul zilei! Și dacă mai comentezi, te mut pe 9 martie alături de cei 40 de mucenici!

Dumnezeu îi face semn lui Mihail să stea cuminte, iar Satana începe să râdă cu poftă. Mai trage un fum din trabuc, ia o gură zdravănă de whisky și apucă de pe masă o agendă, pe care o deschide exact ca și cum ar fi un catalog.

– Una am rezolvat-o, hai să vedem ce putem face mai departe. Sfântul Andrei e aici? întreabă dracul văzându-l pe cel în cauză cum se face alb la față.

– O să fie o zi lungă, spune Dumnezeu resemnat.

– Hmm, Dumnezeu pentru o zi, ăă? Ce mișto! Parcă am văzut și un film despre asta, concluzionează Satana.

Apoi bate din palme și apar lângă el două boxe imense din care începe să urle asurzitor muzica. Diavolul se ridică în picioare și începe să danseze pe melodia care îi înnebunea pe toți sfinții: Adrian Enache și Nico, reclama la Catena.

EPILOG

Toate lucrurile pe care le faci în viață își lasă amprenta asupra ta, cu atât mai mult dacă acestea implică și prezența Binelui sau a Răului. Dumnezeu și Satana, prin simpla lor vacanță în România, au lăsat urme în existența tuturor celor pe care i-au întâlnit, marcându-le acestora cursul vieții.

Babele înverșunate care ar fi atacat pe oricine gândește altfel decât ele se întâlnesc zilnic într-un club de croșetat. Specialitatea lor sunt pulovere pentru manifestanții LGBT, în toate culorile curcubeului.

Interlopii care l-au ajutat pe Răducu să-i caute pe Dumnezeu și Satana au descoperit chemarea cerească, iar acum sunt călugări într-o mănăstire și își petrec zilele în rugăciune. Coco este cel mai fericit dintre ei.

Emily... sau Emilia, cum își spune acum, este foarte mulțumită că și-a găsit adevărata dragoste: cărțile. Este proaspăt angajată ca bibliotecară. După ce își termină programul iese de la muncă și se urcă în Loganul iubitului ei, Gelu, surdomutul de care s-a îndrăgostit, de data asta pe bune. Pe bancheta din spate, proaspăt luați de la școală sunt cei trei copii abuzați, care și-au găsit în sfârșit o familie iubitoare. Sunt foarte fericiți, toți cinci, în curând toți șase. Ea e însărcinată și doctorul le spune că va fi o fetiță.

Răducu a fost acceptat călugăr la muntele Athos după ce a făcut niște donații considerabile din banii tatălui său pentru propovăduirea credinței în Dumnezeu. Tatăl lui este mândru că, în sfârșit, fiul său și-a luat propriile decizii în viață.

Cei 12 noi apostoli au realizat care este adevărata lor menire pe Pământ.

Undeva, într-un cartier rău famat, într-un bloc dărăpănat, într-un apartament sărăcăcios, un grup de infractori plănuiește un transport de droguri. Toți tresar când ușa este spulberată, geamurile se sparg și din toate direcțiile intră mascații de la trupele speciale. Traficanții sunt puși la pământ și încătușați. Șeful lor este săltat și pus pe un scaun. Liderul mascaților își scoate cagula. Este Mario.

– Aveți un minut să vorbim despre Domnul Nostru Iisus Hristos?